闽水洪涛

福建师范大学文学院文学创作丛书

风景里的月亮

熊永富 著

海峡出版发行集团 | 海峡书局

图书在版编目（CIP）数据

风景里的月亮/熊永富著. —福州：海峡书局，2016.5
(2024.7重印)
(闽水泱泱：福建师范大学文学院文学创作丛书)
ISBN 978-7-5567-0233-6

Ⅰ.①风… Ⅱ.①熊… Ⅲ.①散文集-中国-当代 Ⅳ.
①I267

中国版本图书馆 CIP 数据核字（2016）第 120348 号

责任编辑　廖　伟

风景里的月亮
FENGJING LI DE YUELIANG

著　　者	熊永富
出版发行	海峡书局
地　　址	福州市台江区白马中路 15 号
印　　刷	三河市兴博印务有限公司
厂　　址	河北省三河市杨庄镇大窝头村西
开　　本	710 毫米×1000 毫米　1/16
印　　张	15.75
字　　数	206 千字
版　　次	2016 年 5 月第 1 版
印　　次	2024 年 7 月第 2 次印刷
书　　号	ISBN 978-7-5567-0233-6
定　　价	69.00 元

版权所有　翻印必究
如有发现印装质量问题请寄承印厂调换

序一

相对于中原而言，无论是经济还是文化，福建都是开发较迟的区域。然而，经过唐、五代的发展，至北宋、南宋时期，随着文化南移，处于东南海疆的福建在文化投入方面令人注目，整个宋代福建就出了五千多位进士。宋代的福建文化处于崛起的状态，州县学、书院的兴办，科举的发达，刻书业的繁荣，让福建一时文化精英荟萃。北宋著名词人、婉约派代表人物柳永就是今天的武夷山人，南宋著名词人张元干、刘克庄也是福建人。时间发展到近现代，冰心、庐隐、林徽因、郑振铎、高士其等闽籍作家影响广泛，他们的作品成为经得住考验的"长销书"，用今天学术界的话来说，就是他们的许多作品都"经典化"了。

我无意过分强调福建的灵秀山水对孕育出一代代文人墨客的不可替代作用。地域文化的某些特征有时能让人发挥天赋，有时则制约人的创造力和洞察力。我只是说，从福建这片碧水青山走出来的读书人，他们对世界的思考，他们的审美创造，随着近代伊始"放眼看世界"的时代潮流不断涌动，表现出地域性文化与世界性文化的消化、融合大于冲突的特征，同样，他们的审美书写，既有博大的胸怀，又不乏细腻的精致。而这些特点在福建师范大学文学院创作文库的诸多作品中，亦能得到有力的印证。

福建师范大学文学院培养的学生相当部分已经是福建省语文教学的骨干教师，培养优秀的师范类大学生无疑是教学方面的重点。同时，不少博士、硕士、本科毕业生也走上了大学教育、文化传播或行政管理等岗位，与师大文学院有着学缘关系的各类人才活跃在教育与文化建设的各个层面，他们的工作在毕业后已经有了很大的差异，但有些能力的不断强化依然是他们的共同点：一是能写，二是能说。

如果是一位语文老师，能写意味着老师的下海作文要能为学生作出示范，示范性意味着难度性。语文老师的高素质表现之一就是老师写出的文章学生不但能服气，无论是议论文还是记叙文，而且具有带动、启发的作用。近在咫尺，且与学生形成教学共同体的语文老师若"能写"，其为"班级订制"的作品通常能发挥教材上的文章所无法替代的作用。如此，文学院的学生写诗歌、散文、小说、随笔，不是一种"业余行为"，而通过写的"游戏状态"达到写的"专业状态"。这是因为这种"游戏之写"，不是通过必修性的学分制度让学生受约束，而是通过鼓励性的氛围创造来推动进步。一位学生只有通过写小说、写散文、写诗歌才会有耐心琢磨自我情感如何通过文字获得有效而别致的表达，一个运动员光看教学录像无法成为运动员，只有参加训练和比赛，才可能锻炼体魄，习得技术和战术。文学院从2009年开始举办一年一度的文学创作大奖赛，得奖作品汇编成正式出版物，展现学生的创作才能，通过"作品会操"提升创作水准，检讨作品得失，活跃创作氛围。如此持续多届，为形成创作批评与学术研究积极互动之特色打下基础。这样，从"运动员"到"教练员"，今后师大文学院的毕业生无论是从事教师工作，还是当新闻记者，或是从事其他文字工作，不但自己要写得好，更由于自己有了对写作的深切体验，懂得教他人写出一手好文章，而不是只会用几个既有的概念或术语来敷衍出几则写作方法。能力的培养，许多是习得性的，而不是概念性的。方法的"懂得"不见得会写，从方法学习到应用学习，有一大段距离要去亲自经历，也就是说，写作能力的习得具有不可替代性：只有体验过，受挫过，豁然开朗过，积累了一定量的写作体验，懂得自身的天赋如何通过写作发挥出来，才可能找到属于自己的表达路径。光说不练，写作体验是不可能达到深切的。从这个意义上说，此次创作文库的出版，对鼓励性的创造氛围的进一步形成，将起到明显的推动作用。其影响也将是长期的。

此次文学院创作文库的推出，其特色除了学生作品系列，更有教师与校友系列。我们知道，福建师范大学文学院的历史可追溯到1907年清宣统帝的老师陈宝琛创建的福建优级师范学堂的国文系科，是全国较早创办的中文系学科之一。历史上，叶圣陶、董作宾等著名作家曾在此任教。著名的翻译家项星耀也曾任教于师大中文系。创作、翻译、研究、教学，这在诸多现代文学人那儿，多是相得益彰、相映成趣。我们无意倡导高校中文系教师在教学、研究与创作诸方面的全能化，但至少应该欢迎有创作才能的高校教师发表文学作品。文学作品创作不像体操比赛，上了年纪的体操教练很难与年轻的运动员一比高低。创作可类比射击运动，经验丰富的老教练亦可充任赛手，与年轻运动员同台竞技，有时还能获得不俗成绩。此次教师系列与校友系列的创作者，既有名家，又有年轻的教师作家、散文家、诗人，说不上洋洋大观，但济济一堂，第一次如此集中地推出在文学院工作以及在外就职的知名校友的文学作品，既是文学院教师群体创作实力的阶段性总结，亦通过作品的共同展示，了解知名校友的创作现状，深化知名校友与母校的学缘纽带联系，构建以师大文学院为出发点的创作共同体，让在校与校外的文学院文学创作者的各种作品，从各个侧面体现文学院历史与现阶段教学的成果性、成长性与标志性。

文学院这三个创作作品系列，从年龄的角度看，也可视为老中青三代的不同生活与思想情感面貌的差异性汇合，他们都与师大文学院有着种种"不得不说的故事"，他们的作品也或多或少反映了在母校生活的各种情感痕迹，当然，这是小而言之。就大处看，这三十年来，在我们这片土地上发生了各种变化与各种故事，然而，无论如何变化、如何不同，这三个系列的创作群体至少有些共同记忆密切地联系着福建师范大学，紧紧地联系着他们共同拥有的中文系和文学院。除了这一颇有意趣的共性之外，他们各自的生活与情感面相更可以让我们激动地发现，我们的同学、教师、校友通过他们的笔，对生活有着怎样的发现，又提供了什么样的思想与审美的景象,这犹如一系列的精神橱窗,让我们漫步其中,驻足品味,或会心一笑,或沉思感慨,或退后打量,或移情投入,说一声:"看看,毕竟都是师大文学院的人,他们有些地方太像了。"或是"怎么都是师大文学院出来的人,他们的风格真是千差万别,争奇斗艳。"也许,这正是中文系、文学院应该有的写照,他们为了一个共同的爱好、趣味曾经或现在正走在一起,他们以各自的思想与表达呈现各种看法,同时,又以他们的笔,共同表达对世界、祖国、家乡以及文学艺术的热爱。

福建师范大学副校长　汪文顶

序二

1988年,我进入福建师大中文系,从那时起,我和文学的不解之缘就开始了。

那是文学创作的黄金时代,文科楼教室和宿舍楼里永远闪着不愿熄灭的日光灯,紧蹙的额头和双眉,格子簿上黑色的笔迹,一簇簇橙红明灭的烟头,都在暗示着文学风尚在那个时代是多么为人尊崇。我记得,中文系的《闽江》文学社云集了一大批文学爱好者。当年的文学爱好者,大多数现在已成了作家、评论家,他们将爱好做成了事业;更多的人,他们在工作岗位上发挥中文专业的特色和优势,在柴米油盐中眺望自己的理想,尽管当年的爱好已默默沉潜到生活的褶皱里,但毫无疑问,我和他们一样,用四年的时光培育了一生的情怀。

我们为什么需要文学?每个人都有各自的判断。毫无疑问,文学让我们更清楚地看见人生和世界,我们在艺术的视距里"看见"从来没有看见到的,这也许就是文学永恒的意义。因此我们说文学是一项不朽的事业,所有曾经和正在进行文学创作的人们都值得嘉许和崇敬!

热爱文学的方式有多种,一种人以文学创作为终生的事业;另一种人持续阅读文学作品并关注文学的发展,用读者的身份和阅读的力量来影响文学的发展。大学毕业后,我曾经在莆田一中当过语文老师,经常鼓励和指导学生多写作文,写好作文,不断提高写作能力。如今虽然沉浮商海多年,但我依旧对文学创作怀有深深的情结。我愿意做后一种人,虽然放下了文学创作,但永远不离开它!

福建师大中文系是一个文学人才荟萃之地,这里有很多优秀的文艺创作者,有的作品还对当代中国文学的发展产生过重要影响,而我也因之受益良多。今天,欣闻《福建师范大学文学院文学创作丛书》即将出版,我非常荣幸能为这套丛书的出版尽自己一份绵薄之力,一方面表达我作为一名中文学子的拳拳之心,另一方面我也想对那些依然在进行文学创作的老师和同学们表示敬意!持续关注福建师大文学院的文学创作和研究发展情况,并能有所助益,这是设立"文学创作与研究基金"的初衷,《福建师范大学文学院文学创作丛书》的出版不仅是福建师大文学院老师和学生文学创作成果的一次重要结集,更是一次集体展示,它不仅总结过往,更预示着将来。我想,福建师大文学院的文学创作传统也必将因之迈上新的台阶,继续发扬光大!

福建师范大学文学院88级　林　勤

月亮的歌者
——序熊永富诗集《风景里的月亮》

应该坦言,这本诗集里的作品,它们没有妨碍我愉快地、断断续续地品读。愉快阅读,因为他用的是诗的语言,有时停下来,是因为遇到障碍需要细品和思索,停而续读,是因为诗美丽而值得读下去。

诗集里直接写月亮的作品很少,这里的"月亮"是泛指,是象征,可以说,熊永富是月亮的歌者,也可以说,他是季节的歌者、时光的歌者、生活的歌者。

三十年前,关于"朦胧诗"的是与非,还在激烈争辩中。至于现代主义表现手法,更是受到非议和挤压。三十年后,非主流似乎已成为潮流。这本诗集,是传统表现手法与现代派手法联姻结出的果实。

它是那样贴近生活,贴近现实,《下午的母亲》写自己的母亲,《五月二十日下午》写女儿诞生,《清晨》生动刻画时光和诗人片刻的感受,《舀水的母亲》送来清新的晨风,《想起梧桐花》在美丽画面里凸显令人心动的爱情。比喻是诗歌惯用的手法,诗集里成功的比喻俯拾皆是,如《老照片》、《祖国》、《岁月的邮戳》等等。《乡村的爱情》高度浓缩表现乡村三代人不同的爱情。《田野》用生动的形象挖掘出生活哲理。诗人用一二百行诗句史诗般描绘一个村庄《那个叫旧县的村庄》。《关于一条河的传说》里的"半瓶矿泉水"则完全是个人的经历和体验。《车过福清》揭示"千城一面"的悲哀。诗需要聚焦,这本诗集不少佳作善于聚焦,如《香樟叶上的阳光》、《惊蛰》、《我们的广场》和《五月随想》等。这些作品侧重于用传统表现手法。

还有另一些作品,侧重于用现代主义手法。让我们挑一首短诗《城市即景》读读:

　　台风穿过大街
　　一只红色的塑料袋
　　鼓起肥胖的身子飞翔
　　飞到五楼又慌不择路地逃跑

　　在红灯、黄灯、绿灯的断面上
　　一张张川流而过的脸
　　拒绝每一次闪烁中可能闯进的危险

　　红灯亮了
　　蟋蟀的歌声戛然而止
　　一头水牛
　　迈开了优雅的脚步

让我们再读读美国诗人庞德的《在一个地铁车站》:

　　人群中这些面孔幽灵一般显现;
　　湿漉漉的黑色枝条上的许多花瓣。

这首诗经过庞德一再修改,最后只剩余两句。仔细对照,可以发现,《城市即景》第二段,和庞德的《在一个地铁车站》有异曲同工之妙。可能是熊永富有意或无意学习,也可能是不约而相似。总之,颇有现代主义风味。

现代主义诗歌很注重想象的跳跃。我们不妨读读熊永富的《三十四岁自画像》,第二段有这么几句:

　　离我最近的那一棵

是梧桐
春天的月亮给了她最大的花瓣
像我衬衫上的纽扣
紧紧地握住了夏天的手

把月亮比喻成梧桐树的花瓣,然后跳跃比喻成诗人衬衫上的纽扣,纽扣是扣衬衫的,由于衬衫是夏天的衣服,所以又说它握住了夏天的手。一个又一个形象的跳跃,最后月亮成了一只手。每一个比喻和被比喻物都有关联,这样三级跳显示了诗人想象的张力,也对读者的想象形成考验,余味无穷。

自由联想是现代主义重要特征之一,它可以使我们器官的感觉转移。熊永富《在春风的怀里》这样写道:

一声鸟鸣
像孩子手里的棉花糖
白白的甜甜的
在你的怀里诞生一串微笑
一个清亮的早晨
像一面拭去尘土的镜子
流入晨曦的河水在歌唱
水圳边　芭蕉下　石井旁
牛羊　炊烟和捣衣声
像熟睡的婴儿
在你怀里　自然苏醒
……

耳朵听到的鸟鸣,变为眼睛看到的棉花糖,听觉转为视觉,又转为"甜甜的"味觉,牛哞和捣衣声都是听觉,竟然像物体一样可以摊开。感觉的转换显示诗人的创造性,也让读者耳目一新。而"新"正是诗人孜孜不倦所追求的。

熊永富正值中壮年,临近不惑,但他尤其喜欢秋天。秋天的感伤和喜悦弥漫于诗集中,《当秋风吹过大街小巷》、《等你,在左岸》、《三月》、《在季节之上》、《面对满眼的金黄》、《甲虫》、《徒步走过这条街》、《闯入茶庄的蝴蝶》、《今生不再忐忑》和《一千三百个秋天在歌唱》等诗都离不开秋天。他是季节的歌者,这里的季节主要是秋季。

我打电话问熊永富,《在中央公园》的公园在哪里?他答:是泛指,不是特定的、具体的公园。初冬时我在美国纽约和两位大学同窗在中央公园漫步,公园竟然在曼哈顿十分繁华的第五大道边,不远处便是高楼的森林。但愿熊永富的中央公园也能在高楼旁和打桩机前坚守住那一片翠绿。在这里,我不能不赞叹他诗歌想象力和概括力。

早在三十年前我就断言:"一个形式上与现代派相似的新的流派将在我国形成。"(《试论一个新的流派在我国诗坛形成的可能》,刊载于《武夷山》1983年第一期)现代主义手法可能被诗人广泛运用,这已经被当代无数优秀的诗歌所证明,熊永富诗集也雄辩地证明这一点。

后来,我又说:"新诗崛起后存在一种贵族化的倾向。这种倾向的弊端在于严重阻碍了诗与读者、诗与社会的关系。……内容的狭隘和技巧的艰深,使许多新诗越来越与广大读者隔阂。"(《新诗崛起后的弊端和价值》,刊载于《厦门文学》2010年第十一期)熊永富有些诗让人难懂,可能是只顾自己想象天马行空,没留下必要的暗示和踏板。自由联想,让想象无拘无束自由跳跃,但至少有蛛丝马迹可寻,否则,容易让读者觉得晦涩。

不知诗人是否同意?

2014元月初稿于鹭岛面壁斋

陈志铭

目录 CONTENTS

序一　　　　　　汪文顶 / 001
序二　　　　　　林　勤 / 005
序三：月亮的歌者　陈志铭 / 007

第一辑　乡村

秋天的乌石 / 003
小心地阅读 / 004
山里归来 / 005
下午的母亲 / 006
秋天的调子 / 007
清　晨 / 008
诗意院田（组诗）/ 010
秋天素描 / 013
山　野 / 014
那个叫旧县的村庄 / 015
当秋天爬上松树坡 / 022
疲惫的春天 / 023
交春的时候 / 024
在季节之上 / 026

父亲的六月 / 027
面对满眼的金黄 / 029
我想说 / 030
正　月 / 031
二　月 / 032
村庄以石为名 / 033
春风吹过樟树 / 035
今夜，我在乌石 / 036
西门以西 / 037
惊　蛰 / 038
梦中的必然构件 / 040
客家村庄：泮境 / 042
客家村庄：乌石 / 043
客家村庄：元康 / 045

客家村庄:彩霞 / 046
客家村庄:祖家 / 047
客家村庄:定达 / 048
客家村庄:院康 / 049
老　屋 / 050
秋梓堡上的秋思 / 051
九里圳与水 / 053
当我走进圣地的春天 / 055
向外看 / 056
家门口的那条小河 / 057
夏　天 / 058

我们都惦记的那片山坡 / 059
关于兰花的记忆 / 060
寻　你 / 061
诉　天 / 062
在这里 / 064
冬至的风 / 065
九曲溪 / 067
瓦子街 / 069
文　庙 / 070
一段古城墙 / 071

第二辑　爱情

五月二十日下午 / 075
想起梧桐花 / 076
奔走的喜鹊 / 078
乡村爱情 / 079
走在你穿城而过的路上 / 081
今夜,我在汀江边上 / 082
坐在她家的庭院 / 083
当你成为月亮的风景 / 084
天　河 / 085
九五年的爱情 / 087
五月随想 / 088

邂逅杂想 / 089
下午的目光 / 091
近　况 / 093
儿童节的氢气球 / 094
一千三百个秋天在歌唱 / 095
岁月的邮戳(组诗) / 099
每一个村庄都有自己的春天 / 101
今夜,你的眼波 / 103
莲　花 / 104
同心桥 / 105

第三辑　境遇

春天思念在枝头 / 109
穿过建设路的石斑鱼 / 111

一棵树的早晨 / 112
三十四岁自画像 / 113

怀念那一棵梧桐树 / 114
我的中午 / 115
耕种稻田的孩子 / 116
黑夜流水 / 117
黑夜的黑眼睛 / 118
登天马山感怀 / 120
一只蚂蚁的夏天 / 121
风景里的月亮 / 122
在这里 / 124
关于夜的记忆(组诗) / 125
问　候 / 128
正　午 / 130
街　道 / 131
老照片 / 132
杂　感 / 133
粉　丝 / 134
2009年纪事 / 135
广场(组诗) / 137
夕阳中的半瓶矿泉水 / 140
香樟叶上的阳光 / 141
车过福清 / 142
游　泳 / 143
迎着西风 / 145
我们的广场 / 147
起风了 / 148
黄　昏 / 149
当秋风吹过大街小巷 / 150
夕阳下的沉思 / 152
行走在中亭街 / 153

感遇诗 / 154
回　眸 / 155
城市即景 / 157
右　岸 / 158
等你,在左岸 / 159
秋　天 / 161
冬天的黄昏 / 162
短　章 / 163
飞扬的雨丝 / 164
眼睛里的世界 / 165
在春天 / 167
兄弟,别为码头哭泣 / 168
在春风的怀里 / 170
夏　天 / 171
雨 / 173
一碗水 / 174
回　忆 / 176
三条街 / 178
你回来 / 179
高贵或是其他 / 180
月　问 / 181
徒步走过这条街 / 182
未　来 / 184
关于冬天的十四行 / 185
迷失在春的枝头 / 187
在中央公园 / 188
闯入茶庄的蝴蝶 / 189
今夜不再忐忑 / 191
秋　荷 / 192

元旦记事 / 193
在吾祠煤矿的那天上午 / 194
春之韵 / 196
立春,飞翔的蝙蝠 / 197
做三月的王 / 199
在风景之外 / 200
江南春雪 / 202
桶装水 / 204
守　候 / 205
江滨夏夜 / 207
落叶·梦归 / 209
在天马山遇见红胸鸟 / 210
江　风 / 211
第三十六个夏天 / 212

一条鱼的梦想 / 213
当秋天走进鱼眼 / 214
两只蚂蚁 / 215
梦中醒来 / 216
在时光的枝桠上 / 217
当黑夜降临 / 218
兰　花 / 219
冬　雨 / 220
告诉你一个真实的现在 / 221
油菜花和露珠 / 222
日　记 / 222
甲　虫 / 225
紫金路 / 227
距　离 / 228

后记 / 229

第一辑 乡村

秋天的乌石

山，就在我的鼻尖上
仰望天空深沉的眼睛
像哲人扬起高傲的头颅
秋天的乌石　在石头上跳动
透明响亮的阳光
秋蝉清亮的歌唱
托不起梧桐深情的枝头
凝碧的溪水
石斑鱼做优雅的翱翔
瓦檐和炊烟是她的衬底音乐
忙碌的母亲
捉不住秋天咄咄逼人的眼光

小心地阅读

让我再度陷入沉思的是
母亲的红心地瓜
在稻麦飘香的村庄
憨厚的脸庞和火红的内心
走进我的冬天，温暖我寒冷的梦
夏天，短促的凉夜
我陪着母亲小心翼翼地走过
生怕惊动那个黑白的童年
悬挂在稻芒上七彩的梦想
母亲小心地呵护她怀里初生的婴儿
温暖而耀眼　母亲小心翼翼的神态让我感动
就像那年春天母亲为红心地瓜而感动
我走出来，又卷进夏天的漩涡
冰淇淋和鸡肉汉堡
挤过春天的街道
孩子们舒展的表情像潮水
感动了长长的中山街　夜幕迟迟未降
充裕的黄昏，局促的黑夜
稻芒四溢的季节　诗人的情怀潺潺流响
告诉自己属于哪一个村庄的种子
在春天或在夜里
小心地阅读母亲和她的红心地瓜

山里归来

山里归来我很是惊讶
落在狮子山的雷　力大如此
竟然让闪电进入狮子山体内
于是健康的丹霞山骨被分解
山坡上的乱石像阔林的落叶
优雅地躺在狮子山上
成为竹树的伴侣
等待春天的相约

山里归来我很是感激
狮子山的情怀竟然慷慨成这样
让出竹树丛生的山坡
为雷种下满山的玫瑰
等待春雷的再次降临
引吭高歌的男子
是否也挽住竹子梢头的青春
山里归来
房前屋后盛开着洁白的橘子花

下午的母亲

外面的阳光无法切入
深深幽邃的院子杂乱无章
下午的母亲静坐如禅
吃足水草的老黄牛　想起田野
阳光折叠成无法抓握的伤痕
在母亲脸上蔓延生长
我站在阳光下
用泥色的语言描绘城里女孩
母亲却用阳光色的枯手
摘录我四年半的情绪

镀了千年雨露的铧犁
千百年来翻新着一个又一个秋天
老黄牛的哞叫惊醒了睡梦中的母亲
城市文明超越了我的防线
因为田野需要阳光
母亲的眼光里消失了我离家时的背影
站在村口的松树下遥望

下午的母亲握紧镰刀
他的儿子留在村外
村庄
像我的故事里的母亲干瘪的乳房

秋天的调子

我想,我不应该拥有
太多奢华的语言和包装
在秋天的黄昏还没有到来之前
我应该充分地展示自己
像秋天展示她的铅华与成熟

田野的肌肤像我的乳名
在村庄里一次次被呼唤,被亲近
小溪的歌谣,清脆而又嘹亮
像晴明高远的天空
在母亲的臂弯里回旋,流转
山峦的微笑,飞鸟的背影
还有像红灯笼一样的柿子
从高贵的枝头偷偷滑入孩子的手里

忙碌的母亲,悠闲的黄牛
丰盈的村庄
这时候,秋天有了自己的调子
在母亲的十指间轻轻流淌
就像村庄把太阳最金黄的光亮
深深地收藏

清　晨

有谁愿意让美梦戛然而止
除非黑夜的手臂拗过了晨曦
亲吻的印记留作了东边的彩虹
清晨
还有什么比露珠上的倒影更光彩夺目

鸟雀圆润的歌声像灿烂的鹅卵石
在梦的河滩留下生命的印迹
水面上的世界清晰可见
涟漪荷花蜻蜓小花蛇
清点着星星赠与的大地和天空
清晨
还有谁愿意抛弃像母亲一样温暖的怀抱

炊烟　农妇的处女作
恬静而富有诗意
朴素的舞姿温暖着明净的双眼
乌瓦飞檐田畴牧歌
在飞动的发丝间
清晨
还有谁愿意流连在喧嚣的丛林

清晨
一粒种子在静静地抽芽

朝着星光的那片叶子
正对着炊烟和水塘
清晨
还有谁愿意等待
秋天执著的小花伞

诗意院田（组诗）
——献给诗人舒婷

一、在"生气盘郁"院

所有的生气都已熔铸
青砖的墙　乌甍的瓦　翘檐回廊
在春天的午后晾晒辉煌
解说和图片都显得苍白
楹联和春光粉墨登场
吉迪于斯　吉迪于斯
标注了热闹祥和的时光

所有的生气再次激活
逼仄的楼道　开窗面向田园的阁楼
以乡村礼仪　以劳动的名义
安顿青春　山路弯弯
遥远的海和唇齿间的山
都在诗行里荡漾

所有的生气再度点亮
煤油灯和小木床
为歌为诗的朝圣者
想象着木棉花开的灿烂
生气盘郁院里人潮涌动
卵石反射春天的阳光

三个小女孩灿然如花的脸
映出生气盘郁的村庄

注:"朦胧诗"的代表诗人舒婷,在上杭太拔镇插队时曾居住在院田村的"生气盘郁"院。

二、儒溪水

如此优雅的溪水
缓缓如流云
悠悠像山风
水草面向鱼群
招摇优雅的身姿

如此文气绉绉的溪水
洗衣石还在水波里
捣衣声却随波逐流
诗句无以为凭据
水面折射出洗衣石光滑的表情

溪里的跳脚石已然不在
水泥桥早已替代了她平平仄仄的节奏
木棉女孩的布鞋啊,你再也不用担心
这一脚踩下去会让鞋子越踏越湿
溪岸越走越远

三、凌霄阁

稻草茬在努力地仰望　凌霄阁
苦楝果子金黄色的梦想
碧水上蓝天下
水口的榕树捧出凌霄阁，捧起院田
但这不是她的全部

在院田，凌霄阁在上，儒溪水在左
苦楝树以素描般的影像守候着
冬天，她不愿离家的孩子
张望凌霄阁的回廊　翘檐　六角楼
那些和凌霄阁朝夕相处的墨迹
在风雨里长成坚硬的枝桠

红色的廊柱和苦楝树
是隔岸相望的子民
在冬日里，等待春风吹过院田
芦花飘荡绿浴山川
还有什么啊，凌霄阁
是高步层楼期造极
是笔抛如溪望院前

在院田，在冬天，是凌霄阁接住了所有的仰望
这就让苦楝树等待春天吧！
让凌霄阁墙上的墨迹和诗句
在春风里播撒，在稻花香里弥散

秋天素描

这季节
田野和村庄缓缓上升
河流在天地间缓缓下降
空气和阳光隔开彼此的距离
蓝天和绿水相互呼吸又各自独立
没有那一棵树会放弃秋天
阔大的叶子再次兑现火红的祝福
在严霜的拷问下
追逐成长的脚步　像树上欢笑的果实
金黄的彩头——排列
直挂到你家的门前

在乌石　在秋天
上升的天空　上升的山川
还有父亲六十年不褪色的眺望

山 野

退尽铅华
像素面朝天的女人
呵护水分一样地呵护叶子
珍藏青春一样地珍藏阳光
像成熟的种子

回到开始的地方
铅华落尽　在大地的怀抱
成熟的种子藏在山野的肌肤
静静的像沉睡中的婴儿
甜美的梦化成泥或者是水
山风锻打　一身坚韧的躯干
严霜拷问　一生坎坷的命运
走过这一段曲折的山路
春天　盛开每一瓣花朵
胚芽中孕育着每一缕阳光

寂静的山野　像是沉思的哲人
空气隔不开沉默和喧嚣的距离
枝桠间向上的力量
枯草里蠢蠢欲动的激情
山涧喑哑　溪水潺潺
在哲人的眼角眉梢
思索着下一个出发的阵势
待到一抹春阳　或是一声虫鸣

那个叫旧县的村庄

说是县，其实就是一个村庄
是新和旧隔开了一段遥不可及的距离
城墙，碉楼，街道，护城河
无可找寻的足迹
在河流的下游印证着
另一个城市的存在和崛起
旧县，只用村庄的语言
叙述着她作为城市的高度
芦花溪、龙头岗、犁头浦、尧埔坪

我青涩的胸膛里升腾起一片红霞
像成熟的少妇
捏搓晨昏　拥抱四季
清泠泠的水　推开鲜亮的村庄
黄泥坡上的松，托举一片青葱的冬天
茶籽坪的茶泡不出一杯甘醇的青春
泥墙黑瓦，水泥的路，高大的榕
夏天，我理由充分地进入
一个叫旧县而不叫旧城的村庄

正午　阳光的热情探测大地
打铁铺叮叮咚咚的叫嚣
锻打着火焰的激情，铁在大地之上

是犁，是耙，是镰刀，是斧子
兄弟们在大地上奔跑，旋风般的脚步
像旧县河的水，滋养着村树老榕
脚板温暖了土地

灼热的黄昏　飞升的晚霞吻过炊烟
锤打的力量　穿透河野山川
过往的姑娘激起回望的目光
看见古铜色的肌肤
像茁壮的青松感动草树
羊角花开
不再沉寂的上午和不甘寂寞的田野
在我还没有靠近就热闹起来
向东奔跑的姿态
感动古老的河床

打铁铺外的榕树　坚韧的寄生藤
就像纠缠在体内难以割舍的爱情
从早到晚倾听流水　雨飞雾散
有树，有花，有草，有禾
惊蛰的风惊动沉默的鱼
处暑的雨关起热闹的门

春天播种　秋天收获
进进出出的男人和女人
走过冰河世纪　芦花溪和茶籽坪
作为村庄在我居所之外奔跑
作为青春在打铁铺里扩张
与春天有关的细节都被催醒

是心中最深的隐秘
在姑娘善睐的明眸里悄悄地绽放
无法阻挡的激情溢出河道
青葱着田里的苗　屋后的树

我说不出人世间每一种相遇的缘由
九七年夏天，河水平静的上午
铁铺依旧　榕树从容
泥泞上炊烟袅袅
梧桐树旁稻花飘香
逼近正午的屋檐
奔跑的速度再次卷入曲折的河道
锻打出刀、斧、镰、戟的光芒
燕雀娴熟的飞翔，绕过屋檐
陌生的歌唱铺展在我稚嫩的胸腔
金属的光芒淹没黧黑的泥土
浮动的芬芳像耀眼的朝霞
溢出少妇美丽的眼眶
闪动的频率循着心跳的高度
宁静只是午夜梦回后的空旷辽远

春天没有拒绝
草籽多情而繁杂的思绪
田塍上清亮的吆喝
再一次挥舞　再一次向上
九竹坑的水绕过每一段泥色的对白
羊角花　草树　秧子
龙头岗　打铁铺　老榕树
在日见日涨的河水里裸露她真实的期望

菊花开放
来不及躲闪的腰身
一抬头就看见上升的田野
赤裸的脚板探测河流的心跳
触摸到锻打的光芒
隐没的纹理显现出清晰的走势
背过身去
不再是沉重的叹息

住在二楼的妇人收起眺望目光
城市　深入乡村的灯盏
秋天，体内的金黄搅扰她平静的黄昏
蛙声隐没，雁阵惊秋
是否也有心事　像沉重的枝头
或是像上午热闹喧嚣的街道
声声叫唤击中眺望的眼睛
一抹夕阳挂在楼顶
依偎低语的田畴
黑炭上红艳艳的火苗
温暖不了上弦或下弦的月
恬静的村庄圆圆的黑夜
宁静的花房脉脉的流水

雨后斜阳，白发苍苍的老人
再次弹起心爱的五角洋琴
灼热的水泥路面绕过铁铺
大地的温度在脚底升腾
宁静的黄昏热闹的心事
在前进和上升中握住飘摇不定的羽毛

落在疏离的枝头抑或楼房的屋檐

美丽的羽毛　离开翅膀的羽毛

找寻真正的逃离

水塘里过于清晰的影子

楼房铁铺水泥路

不在水墨画里

找寻

在曲折的河道

喧闹，难以回避的青春早熟

纵横的电线　车来车往

进出的人们互致问候

三岔路口的水无声地淌过

就像打铁铺的叮当漫过耳鼓

在旧县河跳动的浪花里欢快舞蹈

来不及逃离却被深深地埋葬

一声高过一声的叫卖　逆流而上

茶籽坪上的满月像风中的铃铛

睡梦中杂乱的脚步　向北向南

握不住参差错落的浪花

探测水温的双手触摸着额角坎坷的阳光

在春天听到温暖的吆喝

枝头上鲜嫩的晨光　清亮的虫鸣

穿墙而过　又是一个忙碌的春天

热闹的村庄仍在春天奔跑

老人和水牛　和谐地存在

在给尾随的孩子讲解千年的优雅和恬淡

生硬的吆喝像手中僵直的牛绳

拉不回水牛执拗的迷茫

播种只因为春天
日月轮回　赐予她高贵和尊严
黑炭上的火苗　灼烧　焦躁的青春
翻山而过的喧哗　注入山水清明的天地
月华如水
再也不能躲进温暖的花房
爱情背负太多的承诺
生命的走廊必然有许多忙碌的脚步

春天在吆喝
在城市的某一条街道
诞生在这里的孩子却没能给她一个
像村庄一样芳香的名字
我的母亲　我的父亲
在宁静的村庄耕耘　等待
提起铜壶和草笠就跑
像报春的杜鹃
跑进春天的内心　耕耘或唱山歌
或者是在田间地头抽根纸烟
分享幸福只是多年前油灯下的飞蛾
那条街上的忙碌与焦躁
遥远的祝福　在手里　简简单单的数字
拉开或是隔阻　越来越大的城市
沉重的村庄　被托举的高度
在朝东方向开启了窗

立秋在河东的炊烟下
稻谷金灿灿的，像母亲手里的婴儿
我从全新的城市归来，语口渡

寂寞地躲进玻璃橱窗
繁华
只剩下闪光灯里千分之一秒的辉煌
悠悠江水　衬托蓝天的蓝
汲取的平静不在我的掌心
而是我们悠远的思绪
我想我们都是过客
萧何只剩下修葺一新的家庙
朝拜，朝拜一切高贵的过往
榕树老去　江水依旧

站在高高的龙头岗上
河西的秋风吹乱我稀疏的黑发
远处另一个村庄
享有山水、云霓、雾霭
还有一个梦想悬在黑瓦的屋檐下
和我一起收冬

后记：当我张开嘴说话的时候，一些幸福和美丽正在我们的周围悄悄地离去……

当秋天爬上松树坡

在菊花艰难地分娩以后
一声成熟的啼哭漫过我的头顶
这时,秋天已经爬上了松树坡
苍劲的叶尖上闪烁着金属的色彩
阔叶的邻居却换上了装
像青春少女一样显示自己最真实的身躯
山梁啊,下午旷野的山梁

驻守生命铅华与沧桑
揽尽秋天的底色
这时候变得那样的庄重和岑寂
像是沉思的智者,给大地拷问
一个最明朗的答案

秋天走进了山梁,爬上了松树坡
雁声遗落,内心充实
菊花用她最灿烂的语言
祝福高远的天空,旷野的山梁
还有俯首低语的田野

疲惫的春天

清晨，鸟儿圆润的歌喉
敲打着杉木窗
母亲睁开惺忪的睡眼
冬天的手掌在半梦半醒之间
古井旁喧嚣的水花
擦亮天边像野百合一样的鱼肚白
村庄又开始她新的奔跑

春天从水里开始
母亲用双手泼掉新春的第一盆热水
暖暖的　像太阳　茁壮的枝条
喜得乐开了怀
次第生长的嫩芽像婴儿的笑

而母亲就转身回到厨房
长满老茧的双手推开沉重的锅盖
屋外是高高的山梁
眺望朝阳的姿态像母亲注视灶膛里的火苗
红红的暖暖的
像漫过嘴唇的一些微笑
对着艰难登高的朝阳
问问村庄：
冬天的尾巴还是那样的沉重吗
母亲的膝盖还会钻心的疼痛吗

交春的时候

交春的时刻村庄顿时挺立起来
手握香火的女人虔诚地面对天空
紧握的双手把春天传递
鞭炮响起,村庄在我的身后上升
上升的炊烟　田野　山川
兄弟们已经把冬酒干完
露出粗壮结实的手肘

我走在路上
村庄像我梦中的舞者
以蹈以舞的姿态
在我的眼前展开鲜嫩的语言
装点春日的下午,评点我的爱情

立春　多彩而迷茫的下午
装订线努力扣押散落的记事本
留下风中绽放的月季
黄昏来临前　以风为媒
她馥郁的花香提醒河岸的花柳
安慰立春　安慰解冻的河流

交春的时候　鞭炮准点响起
兄弟们准备下地或进城务工
我还是游手好闲

在路上想象老家屋后的山坡
那满坡盛开的山茶
是父亲的咳嗽
还是母亲的叮咛

在季节之上

就这样接受上天的馈赠
秋天无法给出叫人满意的答案

播种和收获没有约定说必然相遇
雨露和阳光是流经家门的常客
也许还会有暴雪和台风
庄稼或者一棵树
就这样接受上天的馈赠

种子着床的一刻
热切的目光渗透进入土层
力量在目光的灼热中强大
抽芽拔节　让人心跳的声响
在星光月影下组成细碎的幸福
分享一片绿叶一缕根须
在季节之上　浇灌
别离的庄稼
在秋风里埋下高贵的头

父亲的六月

莲花举起火热的光环
我家门前的池塘在夕阳中辉煌
像父亲高高卷起的衣袖
满盈的月光溢出泥塘
照见父亲古铜的脸
烟袋里金黄的烟丝　等待燃烧的欲望

再次吐出圆圆的烟圈
在田埂上　六月的阳光高高低低
红蜻蜓无心留恋狗尾草肥硕的期待
翘起修长的尾巴　遮挡
阳光　穿透火红的翅膀
父亲的双手裸露在晴明的天空下
七彩的阳光耀眼得像花朵
后背是青山　前胸是漫过眼睑的稻花

街道里溽热的夏风　坚硬而沉重
宽广的阳台外
烟卷熏黄的食指按动遥控器
风由一档跳到三档
数字电视从新闻频道到财经频道
再到农业频道
每一页像红蜻蜓那样轻快地飞过

六月,父亲把烟戒了
沉思的目光里蛙声不再
稻花飘香悠扬缥缈
窗外一声叫喊
"谁的车在小区里不按规定停放"

面对满眼的金黄

面对满眼金黄的稻谷
植入大地的声响击中心房
站在街道的另一侧
世人忙碌,诗人悠闲

饱满的谷粒释放太阳的光芒
谁会知道小小谷粒装有如此大的太阳
面对满眼的稻谷金黄
秋天用什么养育自己
诗人用什么装饰太阳

母亲小心翼翼　风车摇动
秕谷在上　随风飞扬
颗粒在下　跌入谷仓
就像汗水植入大地

我 想 说

我想说的有很多
比如竹根里流出的水
说是凉性的酒喝了伤胃
于是一把灶火烧开了
竹根里流出来的全是问候
温暖了胃也沸腾了我的血

我想说的很多
比如说这条河
说是很亲，亲得像母亲
于是捡起奇异的水墨石
闪闪亮亮的纹理感动得让我流泪

我想说的还有很多
但我只想说这些……

正 月

田野安静下来
在母亲的管辖内
兄弟们忙忙碌碌,双手泡在水里
勤奋地洗刷菜叶上的雀斑
正月,我们忙着聚会
像轨道上的列车匆忙地进站
进站后又开始下一个行程

热烈起来,锡壶里的糯米酒
母亲忘记自己围裙上的油渍
兄弟们在酒杯里追问我的幸福
还有十二月的天空
阴晴雨雪,车来车往
正月,酒在话语里
亲人、朋友在眼里

二 月

南风吹来
热烈和热闹是大地的孪生兄弟
地气从一楼潮湿到六楼
蛙声沉沉,在阳台外
看见汀水绕过树根
阔叶乔回心转意地微笑

二月,太阳踏上了立春后的第一个台阶
南风吹来,阳台接受宽广的检阅
母亲还是犹豫　是否
用赤裸的脚板探测泥土的温度
用鬓角的发丝触摸空气的胸脯

可是,二月归来
站在六楼的阳台上眺望
满眼飘过杨花

村庄以石为名

都说是一块石头成就了一个村庄
乌石,坐在路边接受顶礼膜拜
以石头的名义
告诉流浪的歌手
村子很小　乌石很大
装进了背井离乡的背包
很多松树在风中魁伟而立
涓滴的竹根水汇成清澈的溪流
五谷在田里,鱼虾和草在水里
乌石下的是人家

和瓦片一样青黑的乌石
和蓝天一样清澈的溪水
濯洗黑发的姑娘
裙裾飘荡像粼粼的春光
荡漾在青春的心头
做着晚霞般绯红的梦
还有艰涩的歌

月光溢出小溪
涨起的蛙声击落灯花
夜很安静,像孩子熟睡时均匀的鼻息
母亲补完坎肩又补袜子
在千层底的布鞋上打上结实的印记

爱和温暖　　在脚下慢慢扩张
母亲的手亮堂起来　　家很暖村子很大
油灯下黑白分明的头发

石头只是一个符号
村庄倒像是圣像，坐在中央
公正地写下一个名字
秋天降临
稻谷番薯栗子柿子
告诉你石头以外的琐琐碎碎
像是凯旋的将士接受林林总总的奖赏
母亲说着最贴近秋天的言谈
像客家童谣
"月光（gong）光，扇子凉，骑白马，过莲塘……"

春风吹过，四月的乌石
梧桐洁白的花瓣留下车轮的印迹
母亲在独自打理城市的空气
豆瓜姜蒜葱笋茶
包得好好的像打扮过的乡下姑娘
母亲说小区很好，就是六楼太高
孩子上学要过的马路太多
他们都在十字路口焦急地等待
绿灯亮起像开闸的水

乌石，一个用石头命名的村庄
乌石是圣像，坐在路边
接受遥远的朝拜

春风吹过樟树

春风里的旗子
开放的两角肆意地扩展
扭曲的身子张扬地叫喊
像是穿越山野的呼哨
春风就这样吹过樟树

鹅黄的新绿像雏鸡的绒毛
枝头上积蓄着水中的温暖
阳光下春风里上下翻飞的叶子
像眨眼的星星直逼你的眼眉
春风吹过樟树
沙沙　沙沙　沙沙
像呢哝的细语　内心的喜悦
在鹅黄的新绿上晃动

风里飘飞着枯叶
冬天过了　温暖降临枝条
那些消逝往事在落地前
还要飞出化蝶般的优美弧线
恋人的幸福淹没这一地的枯槁

今夜，我在乌石

今夜，星星在上村庄在下
沉默的石头，心事重重的村庄
今夜，河水在外乌石在内
花房里的春光像摇摇欲滴的水珠
没有灌溉田野的水珠
在今夜灌溉了我的梦
今夜，石头沉默
乌石铺里蛙声敲打着银白的月

今夜，我在乌石
石头的淡定让我沉思
哪一缕月光会和我一样定居在这里
今夜，我在乌石
松明照见了曲折的山路
摇摇晃晃的，像是摇篮里的歌谣

西门以西

西门以西是石门障
三坑里、接官亭、驷马桥
外婆当年卖樵时歇脚的地方

春风吹过石门障
濑溪水上渔歌响起
外公撒下了新春的第一网
小船舱里活蹦乱跳的鲫鱼、石斑
像渔歌的音符,一路的欢笑

西门以西是石门障
外婆的家就在濑溪水边上
母亲带我到石门障消夏的时候
外公在相框里头很慈祥地看着我
过……家……家……

惊　蛰

一粒种子在雨里行走
走着走着　听到一声巨响
从身后开启一扇门
推门的风声惊动云层里的星星
春天，就这样依偎在你的肩上

清亮的嗓音随风扬起
黑夜里潜行的虫豸
用最原始的声音歌唱爱情
逐光的飞蛾敲打着绿纱橱
灯光的背影里
弥漫着无尽的思绪

逆游的石斑鱼　山野的草籽
躲过日渐上升的浪涛
必将在今天到达
大地是众生灵的舞台
直立行走的树
逶迤奔跑的河流
勤劳的人们在一边修补一边建设

惊蛰　太阳行走在黄经345度高处
生命拔节，太多的理由都成累赘
天空一声雷响　大地啊

舞台上灯光绚丽、舞姿翩跹
身后　绿纱橱前
是否也绿水青山　鸟语花香

梦中的必然构件

乌石,梦境中必然的构件
像房子必需的砖瓦泥沙
水汽充盈的南风濡湿他的须发
乌石,还是像秋天时那样耸立

在春天,我带着海边的画家来到近旁
明净的小溪水,歌声高亢
滋养着笋芽尖上柔软的绒毛
想象之外,村庄耸立在画家的眼前
春风吹过　大地绿
画家说:"眼睛很好,很舒适!"

雨水渗入大地
每一片竹叶蓄满太阳的光芒
泥墙坍塌,标语散落一地
村庄的朝拜者,竟把画笔落下
镁光灯闪烁,画家的想象
在 2.5 英寸的屏幕里鱼贯而入
这样走走停停
是为画家晕车的妻子找寻插队时的足迹

画家小心地收藏妻子的青春
乌石,当年知青劳动的村庄
是苔藓藤蔓　决意收留

那些没有进入石头的阳光和雨水
在水口树上翻阅成长的年轮
乌——石　我梦中的细节

客家村庄：泮境

挑夫的绳索就在这里断了
痛苦的跋涉后　艰难的降生
我梦中的家园
在一半是水一半是土的地方

山岚　泥土
孕育着虹霓烟霞和星辰
灿烂着他乡枕上的梦
山泉　溪水
山川里的溪流哺育山川
湿润我眺望秋天的眼睛
着床的种子
向东西南北伸出相等的欢快和热爱

泮境啊　我心中的原点
在一半不是水一半不是土的圆点上
坚挺地站立
有这样的山和这样的水
还有什么理由说
爱或者不爱

客家村庄：乌石

这里的泥土生长五谷杂粮
这里的泥土也生长石头
阳光在树上开花
石头上却开着阳光的花朵
土的质地　水的线条　花的芬芳

乌石　我的村庄我的家
在行走后坚定地固守
守护爱情一样地守护村庄
柔顺的是她高贵的纹理
是刻入石头的阳光

这是从泥土里生长的石头
以客为家的先人像石头一样扎根
圆润的杉　青葱的竹　魁伟的松
围着舞　站着唱
至于蛙声　至于虫鸣
等到月亮走圆的晚上
在我的窗前像炊烟那样优雅地登场

坚固的石头
永远不长，永远固守着自己的领地
汩汩泉流　潺潺溪水
在层层梯田里折叠　飞翔的阳光

风景里的月亮

植入饱满的秋天
绿色的乌石　沉甸甸的梦

客家村庄：元康

这里有龙岗和雷笔寨
这里还有英雄豪气
对于安康　义无反顾的追逐者
重拾流徙辗转的痛
蔑视征战与争夺
在遥远的黄河边上
在辗转迁徙的颠簸坎坷中
拓荒者最初的梦想
一个完整强健的国
一个安定康实的家
执著坚强的追求者
融入热血里的念想
只为这亘古不变的追求

客家村庄：彩霞

不是晨曦的华装　不是晚云的水袖
一个村庄就这样灿烂起来
裁剪七仙女的织锦一段
嵌在这里　村庄
留下艳丽温暖的名字

四月，宽大的烤烟叶掌像膨胀的欲望
遮盖黑土　托举村庄
直到把茁壮宽大的希望烘烤成金黄的叶掌
四月，彩霞留在人间
晨曦的彩　傍晚的霞
是村庄会心的笑

客家村庄：祖家

人在路上
满眼的繁华抑或浑身的疲惫
无法充实沉重的睡眠
灶台　水井　土夯墙　水口树
完完整整的母亲的微笑

在向北凝望的午后
在转徙养息的村庄

客家村庄：定达

有梦想的旅程　抵达康庄
在一弯凝碧的山溪水流过村庄后
前进的脚步不再疲乏
溪岸的梧桐花　提醒四月的村庄
黄牛　老狗　鹧鸪　杜鹃
陈列不是博物馆的专权
春泥擦亮铧犁铁耙
风雨轻抚蓑衣斗笠
在四月的稻田
留下青青葱葱的回忆

有梦想的旅程　萤石矿和水
经营梦想的男人和女人
托举秋天的田野山川
坚实地到达　殷实与康庄
在下一个春汛来临之前

客家村庄：院康

我无需太多的奢望
在陶窑里烧制杯碗钵盂
洁白纯美的质地
感动掌心里曲折敦实的纹理
圆厚的期盼
只想安康的一隅　宁静的院落
历经太多的征伐和劫掠
在天井内外祥和的阳光抑或雨水
都无所谓　秋天到来
仓廪殷实　儿孙绕膝
是一种怎样的天伦叙乐

老 屋

老屋其实不老
小时候我在她的楼梯口跌过一跤
直到今天膝盖上还有隐约的伤疤
妹妹的哭闹犹在耳畔
其实就是线路有些老化
黑瓦亮得发黑
石砌路通往厅堂
青苔很绿可以映出太阳的光影
老屋其实不老
门前的那条水沟依然
清澈的水声潺潺

老屋现在
墙上没有新的年画
门楣上对联的黑字还是黑得发亮
只是站在水泥路上
整齐的钢筋水泥房
和她对话的只有春天的燕子
我们也只是在台风后回去
看看瓦屋面是否漏雨
如此而已

秋梓堡上的秋思

在北山，在秋梓堡
甲午的秋天昂然前行
甘蔗林和稻谷香紧随其后
阳光叮当、清水跳跃
灿烂的黄像热情的怀抱拥拢过来
秋天溢出篱墙直达内心
牵绊着追寻爱情的脚步
匆匆，秋梓堡就成了过客
木栅栏围住北山的两个秋天
在赭黄的扉页上闪闪亮亮
以客为家的城池，在路上饮醉秋风

南行的水再次卷起千年浪花
拍打着以墙为堤的岸
生命之河顺流而下　蒸蒸日上
在汀水长长的臂弯里
留下三饮一回头的顾盼和眷恋
篙起锚落　上三千是眷顾
下八百是乡愁　穿滩越浪
稻芒上闪烁着耀眼的辉煌
客与家、耕与读交相辉映
书写着客路上的泪水和欢笑

从秋梓堡到郭坊村

秋天，是一条江上同一轮圆月
履迹几处，思绪万千
摇曳在稻穗上的那一颗稻谷
兴许就是当年木栅栏下的一块砖或是一撮土

碑刻流行的时代已经过去
在秋梓堡的阳光下找不到一颗思念的石头
是甘蔗林和稻谷香标志了她的繁华
是方形土楼的木窗棂定格了一段美好
爱情，沿着铁路走来　顺着轨道离去
匆匆的甜蜜如拔节而高的甘蔗林
在秋天的秋梓堡骄傲地生长
颓圮的泥墙证明这里的沧海桑田

秋天，爱与情凝结的季节
在三折回澜的肩膀上留住青葱岁月
宽大的秋安慰了客人的心
在尘世里进进出出的人们
有几个是秋梓堡的客
爱情渐行渐远，乡愁渐远渐浓

九里圳与水

上午，我们说起了水
在与汀江相邻的湖洋
九里圳　上迳陂引水开渠
流淌二百五十多春秋　而春天
湿润的江南　在水里飞翔
蛙声　虫鸣　苗壮的秧苗
九里圳也不例外

秋天的上午，我们说起水
尘埃扬起　阳光鲜亮的翅膀
紫色的葡萄　橙黄的橘子
在秋天的上午粉墨登场
水以果实的形式保鲜到秋天
感动上午宽敞的走廊

然而，我们在果实下说起水
像回忆初恋　鲜亮的秋水
激动而甜美的上午
一条叫九里圳的小水渠
滋养田野　润泽山壑
扎进果实　成为骨肉
堆叠起村庄金黄的梦

秋天的上午　保鲜的葡萄绿水盈盈

像字里行间荡漾着波涛
曲折的九里圳　窄小的沟渠
沿着秋天的阳光
流淌　流淌
流进心田
像多汁的葡萄和橘子
讲述自己绵长的爱情故事

上午，我们说起水
说起日渐细瘦的黄果树
说起猛然干渴的鄱阳湖
在与汀江相邻的湖洋
流淌二百五十多年的九里圳
秋天，还有什么放心不下

注：九里圳始建于公元1751年（清乾隆十六年），由"粮米行盖三省"的湖洋村横排岗谢姓十四世祖谢端良倡建。九里圳自湖洋乡南部的五坊村上迳陂引水开渠，往北下行，穿过村庄民房，越过河沟山坳，流经山坡农田，蜿蜒曲折如羊肠小道，至湖洋村横排岗，干渠长四点八公里，干渠出水口八十六个，滋养了五坊、新坊、龙山、上罗、濑溪、湖洋六个村一千零三十一亩良田，一直运行了两百五十多年。

当我走进圣地的春天

宁静的村庄还在睡梦中
我走进了圣地　古田的春天
洁白的晨雾和灿烂的油菜花
给出了饱睡后的全部热情
迎接春光　等待久违的微笑
其实没有比这更重要的了
用微笑传递爱意　当季节降临

花和圣地进行更亲密的交谈
门楣上的影像　扉页上的铮言
一边接受阳光的鞭打
一边和花站在一起
接受所有人的顶礼膜拜

多么轻松的迎来送往
饱睡后，晨光风尘仆仆
像是封存已久的爱情
问候古田
是彩媚领上灿烂的羊角花
还是我们都没能赶上的那一场集会

向外看

向外看，看见梧桐花的洁白
人间四月突然明艳起来
鹧鸪声咽，布谷声高
春天离她们越来越远
看花的鸟儿在流水中
飘零的羽毛将春天挥霍
留下轻盈的爪丫

向外看，立夏的风湿润如苍翠
漫过亭亭的树冠　春天远去
泥里的根须在大地深处求索
硕大的梧桐叶掌在风里招引
凤凰何在？鸟雀来去
就像鲜花盛开将生命歌唱

向外看，看见绿水清莹
淌过嶙岣的石崖
春天离他们越来越远
丰盈的河川探问花开的枝头
铺开的道路伸向季节的深处
向外看，有谁愿意站在季节的门外
看见向上的山野和村庄

家门口的那条小河

三月的花瓣曾装饰流逝的忧伤
没有鱼洄游出家门口的那条小河
整个季节它都在消耗体内欢快的言语
牧草萋萋,稻苗郁郁
三月过后,羊角花开的山坡在哪

雨季来临,菜市场出售的鱼比我想象的还要大
这让我想,倾情于山溪水的那条小河
那里的鱼轻灵而秀美
就像我关于三月、关于家乡的所有想象

夏 天

夏天，灰布上衣吮吸着热烈的阳光
发髻撑得草帽咯吱作响
烈日蒸起浓厚的草腥味
寂静而不寂寞的小山包
是浸渍的汗水呛得你咳嗽不止
一把镰刀一把锄头
把咳嗽压进鳖黑的大地
早熟的稻芒挤出声声蛙鸣
你还是担心居心叵测的鼹鼠
在你酣梦的时候、不经意的时候偷走
你留在枝头上玲珑剔透的汗珠

夏天，持续的高温挡不住你眺望的目光
自留地里高朋满座
萝卜苗、苋菜、地瓜藤……
在我童年的舌尖上
珍藏着她和她的淳朴高贵
而你的夏天就这么一步一步
走到现在

我们都惦记的那片山坡

竹笋破土，山花绽放
出游的人们在春日的阳光下
不时地回头看看竹笋和山花
不经意间，发现天空真的很空
山路弯弯　竹树成行
泱泱春水　兴致像你的笑靥　灿若星辰

攀登的春风在脚下打出旋涡
叮叮当当地敲打着仄仄平平的新叶
横着走就是春天的入口
在一片乱石铺盖的山坡
周遭是松软的草垫
盛开在石头上的花朵
证明春天早有征服山坡的想法
竹笋很大　你问我有没有尝过这悠心菜
青葱的悠心菜让我在草垫上摇荡
在铺满乱石的山坡
春天把石头记在心上

山里归来　春光已然从天而降
星辉闪耀在我们都惦记着的那片山坡
满山乱石　草垫松软
是狮子山的花朵
也是狮子山的另一个春天

关于兰花的记忆

是兰花勾起了我童年的记忆
那时候是姐姐带着我
到石壁子的山坳里采挖过野兰花
移栽在奶奶丢弃的破瓦罐里
寒来暑往,风吹雨打
只见兰花的蓝不见兰花的花
等待花开,像兰花的香那样悠远清淡
山野的清香为什么没有和蓝一起回家
我想石壁子应该就是她的原住地
野兰花就是她的原住民

寻 你

午夜的钟声已然敲响
城市的大楼兀自独立
以城为客的乡亲再次迷失
乡音寥落
照耀回乡的灯火在哪儿
月光黯淡　萤火明灭
在青莲的诗行里
亘古的忧伤浮现在窗前

月缺了又圆
细碎碎的银花铺向大地
像泽国的涟漪　晃晃荡荡
却怎么也挤不出一记蛙声

诉 天

在梅花山这片蓝天白云下
天诉池，应该有许多快乐要告诉我
你纯明如镜的内心
你怀抱里如兰草般的天空
你洋洋十八里的山川沃野
游鱼逐彩云　山接水吻天

在梅花山这片蓝天白云下
天诉池，应该有许多故事告诉蓝天
说竹子拔节　华南虎啸
说孔雀开屏羞怯一群白鹅
说十八洞里的十八座金交椅
可朝霞落日　月明星稀

在梅花山这片蓝天白云下
天诉池，你可以尽情诉说
比如说我爱你
比如说请把我留下
做你怀里最忠实的情人
让出清新空气和森林浴场

在梅花山这片蓝天白云下
天诉池，你静如处子
一池清水是蓝天留在大地的眼睛

是山川的镜子　梅花山的肺之一叶
不说什么，当清风吹起涟漪
告诉我是谁的爱恋和表白
让你心动如此

在这里

在城市和村庄的交界线上
勤劳的人们在做最大的努力
躲在西风后背的春天
经历一阵阵疼痛之后
在香樟树身边顺利降生

然而清清楚楚的是水
城市和村庄朝着各自努力的方向爱恋
就像孪生的兄弟
或站成行道树或成长为水口树
他们都有各自的理想和天地
在这里,我只想做一个过客
穿越村庄的风景线

在这里
我的后背靠近了亭子
张望的高度在我的前方
像铺展的荷花
朝霞在上升的田野里绽放
月亮弯曲的夏夜
落在心中像家乡的一泓清泉

冬至的风

狮子山是那样桀骜不驯
被雷降服的石头
在秋末的竹林里高亢地歌唱
三月我们曾经安抚的山坡

该用什么抚慰这冬至的风
让飘飞的尘土温暖落地
滞留枝头的树叶守望春天
顺风而归的远行人
在黄昏里亦歌亦舞
追问尘土如何寻找
回归大地的便捷途径

冬至，狮子山又一次走进村庄
追寻节气的人们抓住进补的好时光
效仿动作简单　成本低廉
尘埃和落叶，这对殊途同归的兄弟
奔赴大地参加冬至的晚宴
可是，冬天的狮子山有自己的向往
向外的扩张和向上的生长

在冬至的风里
显示一个男人张扬的个性
竹树丛生的狮子山

尘土给了他肌肤
树和叶缝制成他的衣裳

该如何去抚慰这冬至的风，狮子山
给出三月的记忆
钻进衣袖的温暖　烘焙三月的热情
竹树环抱的村庄扎紧清新的黄昏
到金风住进枝头
金黄的橘子挂进她圣洁的花房

九曲溪

不在九曲溪卧冰求鲤
也不在九曲溪立雪程门
一个母亲以清泠悦耳的溪水
讲述一个村庄的故事

到达安静和谐的境界竟如此艰难
像一条河流,长剑指天,惊雷动雨
暴雨过后,一条河冲刷成凄美的九曲溪
流淌的声响诉说一段佳话

一个母亲交付全部的家当
甚至是心性和血脉
顽劣的孩子成长为树的一种
松树或是香樟
九天,二百一十六小时的摸爬滚打

第八天阳光依然灿烂
小溪水直奔前方
母亲交出的心血和期盼
孩子啊,请你以男人的姿态出发
回到母亲的怀抱

然而,到达至圣的村庄
是在第八天以后

醍醐灌顶,还是需要一场大雨的洗礼
到达母亲的村庄,像村里的溪水
滋山润田育树养民

第九天,溪水弯成优雅的九曲
一个母亲生下儿子后又让男人华诞
以母亲名字命名一个村庄　严婆田
溪岸如衢,到达至圣境界竟然如此
惊天动地

瓦子街

很实在的街,他叫瓦子,在眼前
像是一个村庄的乳名
王冯刘朱郑张陈黄梁罗郭温彭傅
杨汤何李蓝林龚周唐钟沈卢丘
一路叫过去
弥漫着乡音

水路曲折山路弯弯
泛黄的牒谱散不去
母亲深情的呼唤
瓦子街,瓦子是乳名,街是胎记

徒步的行人穿过的街道
我那瓦片做的玩具哪里去了
在高高的屋顶上还是在荒野的草丛里

一条街,在牒谱里
曲曲折折的,像是脐带

文 庙

无他
我就以"文"的名义
把庙区别开来　顶礼膜拜
雄伟的宫殿是给你崇高的敬意

朝圣对于枪弹杀戮
那是风马牛不相及的事

在风浪中，在坎坷辗转后
你依然是我的神

"下马碑"上说得很清楚
文武百官一律在此
下马下轿，过泮池，进戟门
只为在你的身前深深地鞠躬

一段古城墙

是一弯清水让叠累的石板紧紧拥抱
还是青石板锁定你急湍的欲望
从此青石板就是铁壁铜墙
江水在你的臂弯里
一座古城在你的肩臂上

艾草是骄傲的子民
把发达的根系扎进石缝
仰望秋月俯听涛声

青石板才是真正的英雄
不论江水用千年的甜言蜜语
还是热烈奔放的激情
总是坚强地守护那一份爱
春风吹来　石板青青
你的双唇如此灿烂
像四月盛开的梧桐花
精心地装扮寂静的河岸
春天之后,你陪我
端坐在季节的岔路口
沉默着如雕像,守望爱情

第二辑 爱情

五月二十日下午

这是二〇〇四年的五月二十日下午
阳光在雨后的天幕里游荡
看不出一点的疲惫和忧虑
只是从窗子里露出半边脸
挂满喜悦　挂满灿烂

这时是五点三十分
我的孩子在她母亲的痛苦中
胜利降生，第一声啼哭带着金属的质感
安慰她母亲疲乏的眼睛
还有我等待在门外的那颗焦急的心

阳光照亮夏日的天空
所有的幸福在祥和的下午
雨后的天幕
泛着母亲脸上的红晕
外面的喧嚣，只是他们的衬底音乐

我的女儿，她的母亲
在这个午后成为一个故事
从这里开始　托举一个下午
从这里开始　这时候
我是父亲　我是儿子……

——发表于《厦门文学》2008 年第七期

想起梧桐花

插花的瓶也很无奈
殷勤的春水只留下一段短暂的浪漫
春天只剩路灯下的那片空地
四月,梧桐花开
像妹妹的手指划过琴键
留下了晨曦中高低飞舞的花瓣
散落的音符　像花落空地
填空的快感　画出舞蹈曲线

路灯极力想装扮成夜的花朵
踩着圣洁的梧桐花瓣
从榕树下走来　旁若无人的样子
带着夏夜凉爽的痛苦
而妹妹,你的双唇如此灿烂
像四月盛开的梧桐花
精心地装扮寂静的河岸
春天之后,你陪我
端坐在季节的岔路口
沉默着如雕像,守望爱情

想起四月的梧桐花
身后那一扇斑驳的杉木窗
开启的姿态感动四月
我们从容地对话

人间四月温润从容
月光从老榕树下缓缓流淌
像汩汩滔滔的旧县河水
深情地拥抱四月的心跳

想起梧桐花
就想起季节深处的你
四月的龙头岗洁白如初
我们的爱情在否定中被证明
在梧桐花灿烂的季节

奔走的喜鹊

在三百六十五个轮回中
有三百六十四个是为了寻找
在河边　遗落的彩虹
从头至尾
每一个细节都在
指向七月的阳光

奔走的喜鹊
寂寞的翅膀拍打着长夜
花烛一次次陷入深情的凝望
美丽的彩虹纹理清晰
像流水的彩绣
舞动粉蝶的翅膀
扑闪的星光　燃烧的河流
在七月的彩虹深处
扬起渐行渐近的歌

像彩虹的歌
奔走的喜鹊
疲惫的长夜
沐浴着阳光雨露的彩虹
是丛林中片片向阳的绿叶

乡村爱情

> "月上柳梢头,人约黄昏后。"
> ——题记

稻花飘香的夏天
遗落的蛙声再次响起
爷爷的表情晴朗得像天上的月亮
田野深处的诱惑
唤起爷爷无尽的思念
绣花鸳鸯枕套
秋后的日子红红火火

红旗猎猎鸣响
十月
艳阳天下欢声雷动
父亲拉着母亲的手
对田野深深地鞠躬
像一对虔诚的信徒
一声声的祈祷,一声声的祝福
"执子之手,与子偕老"

春风绿遍村庄,我的田野
像待嫁的新娘
爷爷和父亲都忙得够呛
争先恐后地把镰刀和犁耙擦亮

处在恋爱中的执著的青年
只把城市作为自己的新房

多年以后
爷爷做梦也没想到
我的爱情脆弱得像蝴蝶的翅膀
从高楼上漏下的阳光刺痛我的双眼
这样我就常常怀念我的爷爷
在三叉街口
远远飘来稻花的芳香
听到了悠悠的蛙声

走在你穿城而过的路上

走在你穿城而过的路上
星子隐去　奔向中秋的月亮
照亮你屋后的小公园
那寂静而不寂寞的世界
秋蝉在树木的沉思里放下歌唱
想象你穿城而过时的幸福和满足

走在你穿城而过的路上
马达声响　尘嚣声起
倒映在心底全是月亮的影子
站在你穿城而过的碧空下
从上弦月走到下弦月
你匆匆而过的身影塞不满行道树的空隙
中秋已过，道路依旧繁忙
泊车的人还在赶奔向中秋的路

今夜，走在你穿城而过的路上
行道树冷峻地审视内心的想法
荡漾在秋夜里的夏风
濯洗黝黑发亮的路面
道路宽广
唯愿年年今夜，月华如练

今夜，我在汀江边上

今夜，我在汀江边上
秋风循着夜雾穿过我的黑发
从容而坚定的落叶
像思念顺月光攀爬
从枝头俯冲，击中江面荡漾摇曳的波涛
今夜，汀水的蓝推开黑夜的黑
白色的大雁无情地潜入视野
是夺魂的精灵
在我的上空宣布秋天的消息

今夜，我在汀江边上
被涛声和秋风击落的黑发
和树叶一起投入大地的怀抱
用什么召唤这昼夜不歇的大雁
慰藉真实而空旷的树枝
今夜，我在汀江边上
想象你穿城而过的样子
想象那寂静而不寂寞的公园

坐在她家的庭院

雨的耳语
让我记起她家的庭院
喧嚣与沉静交替陈列
她和梨花一起开放的夜里
我坐在她家的庭院里
品着村庄里的农家茶
和她说起一个灿烂的星期天

雨一直感染着我的肺腑
浇灌我播撒在屋后的草籽
她的笑脸和她的长裙
似乎在表示一种与雨不一样的心情
我静静地品着茶
茶叶从水面沉到水底

我忘记雨的私欲
只有茶在诉说与她无关紧要的夜晚
即使爱情　每个人都不能苟同
我才发现坐在她家庭院里的自己

当你成为月亮的风景

当你成为月亮的风景
窗户只是我的另一双眼睛
在竹子梢头,我清楚地看见
你像婵娟　忧郁是向阳的竹叶

月光平静地凝望
窗户里的风景
眼睛里的眼睛
脉脉含情的月亮

你开始忧伤　楚楚独立
你的回眸是莞尔的微笑
那时候想象我的月亮
将会丢失一份隆重的美丽

当你成为月亮的风景
谁还会选择做一个高尚的窥探者
窗户是屋子的眼睛
却没能够看清我的世界

天　河
——写在七夕

天河无岸　汹涌澎湃
繁星是美丽的浪花
彩虹是惊艳的波涛
飞鸟当做海鸥点缀其中
流淌在世人头顶的一条河

传说中勤劳的牛郎和巧手的织女
是天河固定的居民
多少年来　有多少人
用一条河来证明他们的一生
唯一的幸福时光
在喜鹊的翅膀上诉说相思

人民勤劳　喜鹊奋飞
头顶飘过朝夕相处的彩霞
提醒幸福　在翅膀之上
无以证明善泅者
在流逝中永恒的浪花
倒悬的河流　聚少离多的家宴

关于爱情的诸多细节
铧犁和织布机　耕种和织锦
成为可有可无的章节

哪里还有多愁善感的女孩
手拿团扇对月拍流萤

倒映在水里的是一条河
游鱼戏白云　波澜不惊
河岸上，走过情人节的情人
阳光下突出许多被夸张的东西
一条河和七月初七

九五年的爱情

一阵春风吹过
春水漾漾，在温暖的阳光下
闪闪亮亮的，把下午的思绪整乱
像我面对九五年的爱情
黑色的牛仔裤在漂洗中褪色

我还没有做好出发的准备
母亲要我用城市的方言
叙述我的爱情
一如小时候母亲为我叙述童话故事那样
语气舒缓而悦耳

我努力朝着母亲的方向飞翔
看见星星为我送来祝福的眼神
我黑色的牛仔裤
与黑夜彻底划清了界限
飞鸟的影子清晰又矫健
母亲的眼神照亮我的后背

那是我九五年的爱情
在 2007 年的元旦悄悄走过
像春风过后大地缤纷而热闹

五月随想

五月，在长长的廊桥外
花早已开在了青绿的山坡
灿烂的阳光，在草叶尖上放肆地抒情
好像青春年少的日记
在如水般清澈的眼眸里
写下　我们的相遇

在长长的廊桥外
逝水潺潺
激荡的浪花拍打着溪岸
当阳光再度闪亮
廊桥外，我的五月
与你相握而别

邂逅杂想

我想，邂逅一场春雨
我的丁香
必然有某种爱情的滋养
就像大楼顶上的黑夜
没有灯
星星或月亮在欢笑

春天里过早失水的黄昏
在雷雨前
你从春天的午后走来
太多的言语像春雨飘飘
让小草和种子感动的语言
我卷曲的黑发梦想到达
眺望的高度

一次邂逅，在街道的拐角
所有关于木棉或梧桐的故事
在春天的午后分娩
淋淋漓漓的像黑白的照片
过往或停驻都不是生命的嘱咐
这与春天无关紧要的事

我有的，只需邂逅一场春雨
在我熟悉的田野或山梁

把秋天的眼睛作为街道的灯盏
在灯下我匆匆行走
沿着龟片上细如蚊足的刀痕

下午的目光

一双鞋，蹚过流淌的阳光
在深冬的田野快步行走
风在脑后　带着金属光芒
空旷的田野回旋着沙沙鸣响

众多的目光就这样敞开
渴望上升的田野　在我的身旁
露出健硕的肌肉和宽大的胸膛
大师一如往常，在阳光里凝望
像农人想象着春风吹过窗台
葱籽发芽，田野里春光荡漾

这是下午的目光穿过雨雾
大师的对话乒乓作响
像出发前的那个早晨
抖落的阳光挂满枝头
一双鞋绕过喧嚣的冬天
在大师躺下的那片田野上
挑水　爬山　砍柴　割松香

深冬，叶子继续生长
凝望炊烟，叶脉上的纹理
躲不过秋霜从后背伸出的手
这深冬的阳光，凝望的目光

等待春风经过窗台
牵着我的黑发在悬浮着尘土的四周
拥抱一双蹚着一路阳光的鞋

近　况

日历撕下来
孩子问：爸爸，今天星期几？
做完作业收起课本
孩子说：爸爸
妈妈从乡下回来的时候
应该是星期五下午吧！

电视上说，近来索马里海盗猖獗
听到华尔街打折和叫卖声
孩子说：爸爸给我讲个故事吧

儿童节的氢气球

校园里,一群孩子
小拳头握得紧紧的
系着氢气球的线头缠着食指
高过头顶的氢气球,竖直向上
向上的天空蓝蓝的,只有阳光

从第一个节目起,他们的目光炯炯的
像生怕一松手氢气球就飞走了

高过头顶的氢气球随风飘动
仿佛是彩云悬空
孩子的脚下是大地
孩子的眼里是舞台
炯炯的目光里是舞蹈

一千三百个秋天在歌唱

一

风呼呼地吹，长江貌远
落叶飘飘，故乡何处
是该停下跋涉的脚步
还是登高远望　找寻回家的路
横卧的船　漂动的楫
铺满天空的月光落在酒杯里
秋天就这样拉开了帷幕
挂在枝头的温暖凝冻成一串串冰棱
渺远的月光加重枝桠的负担
流水声远，秋天宁静
静静的　只剩下无边的萧瑟

登高吧登高
比山更高的是秋天
襟带飘飘　像蒲公英的花朵
只是月亮，在浑浊的酒杯里
越来越小　越来越圆
月光刺伤的泪滴
和天空的月亮一起落入酒杯

登高吧登高

去高处看月　　到庭前赏花

二

一千三百年前，一个诗人在秋天眺望
草味萧然　　树色深深
天光沉沉　　水汽喑哑
一千三百年前，一个诗人在我们的头顶
洒下一地的月光
像水汽滋养着无边的树木

一千三百多个秋天
只有一个月亮在圆与缺中轮回
说起来幸福是一件触手可及的事
一杯清茶一碗浊酒
夜雨来了可以枕着睡眠
一缕阳光迎接一个自然醒的清晨
简简单单地用电话报一声"平安"
一封家书穿越万水千山
邮戳上还印着一千三百年前的那个秋天
其实幸福很简单：一枚邮戳一份牵挂

然而，秋天来了
还有哪一条枝桠需要这样无尽的牵挂
"春播一粒种，秋收万斗粮"
然后是颗粒归仓，大雁南飞
金银花在指尖或入药或泡茶
那是春天的事
这个秋天或者在今夜

花生米腊肉都是下酒料
其实幸福很简单：一块肉一杯酒

一千三百个秋天有一千三百种追求
地铁和快车道向秋天延伸
下一站是第几个秋天
新房修好是在哪一个黄昏

三

一场夜雨端出热闹的秋天
南来北往的车子载着同一份心情
就像古诗上说的：笔落惊风雨，诗成泣鬼神
谁还会在意当年有一只蚂蚁
在秋天的芦苇上筑巢过冬
怜悯的芦苇编成过江的小船

阅尽春色的诗人走过
头上星光灿烂月影婆娑
脚下的路，水泥的硬硬的
高跟鞋　短裙　公交车站上
广告的色彩像春天的花朵
每一个字都在诱惑过路的眼睛
香烟　瓜子　茶叶蛋
火车上杂沓的声音在旅客的肩上轮转
秋天来了，回家的脚步是那样拥挤
还有什么比在路上更加拥挤的心事

四

太阳落下山冈，秋天溢出大海
一千三百个秋天　歌声嘹亮
只有一个秋天是在萧萧的落叶中华丽诞生
诗人拥挤的心事，破茧成蝶
一千三百个秋天　歌声激昂
"安得广厦兮千万间，大庇天下寒士兮俱欢颜"
有一间为你盛放盛开的月光
还有一间，还有一间……
还有一间安放秋天

岁月的邮戳（组诗）

一、伤

鬓角的霜　月光似的白
孩子日听日粗的嗓门
是皱纹沟壑里灿烂的笑

二、爱

母亲的光环把我照亮
我走在街上
她在老屋里认真地张望
我的脚步是否踉跄

三、忧

在路上
我不断地捡起或者是放弃
只为我有母亲那样的爱和恨

在路上
你会有很多的月影星光
孩子啊！草籽发芽　雨多树少
河水滥觞的季节

我捡起了石子和阳光
能不能把你迎到殿堂的中央

四、痛

先是一连串暴雨
然后是满地灼热的阳光
在张皇中醒来
一不小心跌入夏天的深渊

我开始怀念乡下的榕树
她无比热烈地与夏天对话
疼痛，即使是夏天的正午
看见花蝴蝶轻快翻飞

我的孩子却有另一个夏天
还说乡下的西瓜不甜

每一个村庄都有自己的春天

平静的夜蒸蒸日上
来自大西洋的风一夜吹紧
崩裂的石头漏出潺潺流水
温度计里汞柱在零刻度线下
蜷伏的姿态像封冻的风搬不动漂泊的云
在路上找寻
进出的路,在上升和下落间
近处的黑无理由地扩张
无边的坚定护住无边的雨
在秋天还没到达的路上
每一次出发都为一次完美的回归

桂花,八月的主人
在上升和下落间接住玲珑剔透的月光
村庄,走向春天的脚步
极力阻止打桩机深入骨髓的喘息
大西洋的风跋涉园地
在阳光明艳的八月甜蜜地绽放
简短的叙述只为完整的表达
通往春天的路需要一次次痛苦的分娩

秋天的树、行走在路上的树
露珠、雨水和彩虹碰不到星星的泪
树的路、上升的路、通过春天的路

在村庄的内心深处　闪烁的光
是希洛的火把　是寒夜的星星

越走越深的秋天
是不是水手都应该泅渡
通往春天的路在黑夜里再度迷茫
成为水手是这个季节必须的选择
身在其中，自始至终的立场
是企盼和坚守
像逆游的鱼　南归的雁

卸下待嫁的华装
出走的激动和流失的热闹
在这个季节，不再成为找寻的理由
憔悴的街道　沉默的机器　焦虑的男主人
安慰的话苍白得像手中的纸币
只有这诗句在夜里开放
街道不会黑暗　开放的灿烂
拥有自己春天的每一个村庄

今夜，你的眼波

我只有面对你平静的外表
熟悉的面容和你一向热烈的内心
说是在那次大雨之后
远徙的泥沙注入
被挖空的山头
异物充塞河流
水的性灵在金属的灵性里出走

今夜，你的眼波不再妩媚
像大病的女人愁容满面目光慵懒
曲折的河道　鱼的喘息中伤疲惫的肺叶
流域内外和流域上下是必然的手足兄弟

口渴了，左手的水救不了喉头的火
鱼的美在我的心尖优雅地游
想象出佳肴的色与香
今夜，在你平静的外表下
不敢放纵我恣意的想象

莲 花

与烈日为伍的乡村少女
等在季节里的爱情
如期相遇

清风和凉水无法填充夏天
中亭街的热闹胜过午夜的星星
温柔和镇静平复夏天
莲花像她的心事
鞋跟很高　裙子太短
这些和爱情无关

莲花盛开
等在季节里的爱情
如期相遇

同心桥

让所有的誓言从这里出发
举案和齐眉,在彼此的心里成长
廊桥上是天空
廊桥下是游鱼流水

我只是树的一棵
站在你的身旁
不为藤蔓羁绊
香樟梧桐自引来凤

我只是树的一棵
站在你的身旁
不做杨柳
沉默的桃李蹊径通衢

我只是树的一棵
站在你的身旁
地下握紧你的根
空中交汇枝与叶

灵犀,白纹如线
所有的誓言就高挂在树上
在廊桥外　爱情
以两棵树的名义写下上面的话

风景里的月亮

离我最近的那一棵　是梧桐
春天的月亮给了她最大的花瓣
像我衬衫上的纽扣
紧紧地握住了夏天的手

第三辑 境遇

春天思念在枝头

当虫声在绿纱窗前响起
窗里的灯光温暖了起来
像是久违的微笑
我的春天就这样　毫无保留地
付出和给予

该用什么安慰我等待的心灵
至少不要让冬天的心事有所保留

在黑夜中眺望的枝桠
会让我想起关于春天的许多细节
盘起的发丝　粉红的裙裾　鹅黄的新绿
像童话一样陈列

一次弯腰一阵裁剪
清风的动作比蛙声来得更加喜悦
就像你从夜里归来笑容满面
我的春天鲜花灿烂

这时候，我的思念表现得如此强烈
把所有的牵挂都化为蛙声
所有的蛙声融进祝福
所有的祝福变成温暖的阳光
然后把我的思念挂在枝头

一声声的歌唱，一叶叶的期盼
绿到秋色满堂

穿过建设路的石斑鱼

疯狂的石斑鱼逆流而上
秋天是它的乐园
碧蓝的河流倒映着望穿秋水的眼睛

石头的纹理嵌入肉体
分辨出离群索居的忧伤

疯狂的石斑鱼　在早晨义无反顾地出发
布满金色阳光的小溪是它的故乡
纯清的小溪水无可挽留
石斑鱼高贵的斑纹

石斑鱼在秋天的早晨出发
建设路上透明的阳光
晃动着　石斑鱼优雅的翅膀

一条疯狂的石斑鱼穿过建设路
鱼的翅膀　树的脚步
该有春天的方向

一棵树的早晨

众星摇落水面平静
大地灿烂众鸟喧哗
一棵树和早晨
用宽大的手掌接纳
灿烂和喧嚣

就让这一天从树上开始吧
月光流逝树影修长
在灿烂中点亮每一条枝桠
让喧嚣入住　炎热的夏天
从这棵树开始今天的行程

然而只是早晨
一棵树在思考　灿烂的大地
一天计划有多少喧嚣入住
一棵树然后才是大地
夏天很近，就在树上
而我很远，在修长的树荫外
等待晨起的新娘

三十四岁自画像

三十四个春天的阳光
在我的园地里荡漾
树草杂陈
有风和鱼在我的身边
谈论着一些和上午无关紧要的琐事

我的园地在烈日下
彰显她所有的春光
驻足或观赏都是奢侈的消遣
离我最近的那一棵　是梧桐
春天的月亮给了她最大的花瓣
像我衬衫上的纽扣
紧紧地握住夏天的手

画地为牢的园地
哪里有少壮年华的宝藏
只有握住鱼的手
在园地里走
走过梧桐树的枝枝叶叶

怀念那一棵梧桐树

太阳偏西的时候
我想起了一棵梧桐树
一棵站在我居所旁魁伟的梧桐树
像珍惜相聚一样珍惜每一片绿荫

在这里
知了曾有忧伤的歌谣
飞鸟曾有舒畅的歇息
美丽的花蝶也曾在她宽广的树冠下翩翩起舞
至于我窗台上探头探脑的吊兰
总把我的美梦毫无保留地暴露
这样的梧桐树
让我在阳光偏西的时候想起了她的身躯

我的中午

我的中午，冬天在扩张
她原有的版图和忧伤
金属的色彩与冬天的太阳一样：如虎
一直延伸到白昼的边缘

我极力挽留
某些早已被人抛弃的故事
这个冬天的中午：阳光、田野和山坡
无一例外地成为我诗中的意象
寻找一个更加温暖的家
过冬，不以冬眠的方式
在阳光内外
我和诗一样站着

这个中午，是诗歌的中午
我收集他们浪费的阳光
晒晒六斤重的棉被
到夜里一起拥抱着太阳

耕种稻田的孩子

被大海抛弃的孩子
在浪尖上失声痛哭
没有做大海的儿子
却把大海当做自己的坟墓

死亡来自一次欢快的宴会
我们的谈笑把死亡深深埋葬
在田野里种稻子
在黑土地上结婚生孩子
直到我把其中的欢笑享受殆尽

大雨来临,我执爱着
我的母亲,耕田种地
汗水和微笑充塞我瘦小的身躯
爱情应具备的条件 ——俱全
酒也熟透如秋天的天空

黑夜流水

我们拥抱着把黑夜搂紧
在最深的那段河道上
花柳的影子飘飘下落
投影的景致在深夜灿烂盛开

流水朝我们走来
携着星辉月晕
环绕在身边的风
像睡梦中的呓语轻轻扣打

我的胴体　我们搂紧黑夜
走过田野边缘的那道山梁
马车和打铁铺
在另一个世界喧闹

黑夜的黑眼睛

题记：黑夜给了我黑色的眼睛
　　　我却用它寻找光明
　　　　　　　——顾城《一代人》

一

渴望阳光
在周遭温暖
看见石头的纹理
河流的走向
深入春天的怀抱

黑色的眼睛是灯，是烛
照亮回归的路
艰辛而漫长
路边纷繁杂陈的鲜花
高不过青莲居士的鞋靴

二

河边上奔忙的人们
一双黑眼睛
找寻一个早晨
一场星光灿烂的宴会

诗与酒再一次完美结合
像有情人终成眷属

不再疲惫的黑夜
拥抱疲惫的黑眼睛
晨曦点燃，像露珠一样
滋润树上的每一片叶子
每一朵花都成为黑夜的黑眼睛

三

看见石头的纹理
河流的走向
深入秋天的内心
就是那一双黑夜的黑眼睛
有许多星星
陪伴着直到天明

登天马山感怀

一登上天马山
整座城市就浮了起来
城市的经络像你手上清晰的掌纹
这样我们就可以宛如面对沙盘
——介绍交易城　中山街　龙腾大道
那登高公园深绿色的脊背像一只燕子
它剪刀似的尾巴还藏在龙津河
掠取的水花就是这枝枝叶叶的春天

一登上天马山
市声和井语都沉了入脚后跟
鹧鸪声起，红胸鸟拣着树丛飞
像盛开在时光里的春花
那些被丛林淹没的道路指向各自的庭院

一登上天马山
我们就更清楚家的方向
绿野周遭　月迷津渡

一只蚂蚁的夏天

一只流浪的蚂蚁走进凌晨
下班的工友还没绕过灯柱
路灯照亮他嶙峋的身段
凌晨的静谧怂恿他迎接喧嚣
街道和楼房抛出与曲线背道而驰的审美
这时候,他还是小心翼翼过马路
"一看、二慢、三通过!"
这警语像是镌刻的铭文,在心底
燥热的城市把激情降到摄氏二十五度
凌晨很静,没有鸡鸣狗叫
但我还是没有听到花开的声音

风景里的月亮

春天，乡亲们都在家乡羡慕我
说我的双脚踏满月光
说我从田地里爬起来脚还沾着泥
就用双手摸到了月光
我想我离太阳那么遥远
月光怎么就绕着弯抵达家乡

春天，我在解放路遇见了羡慕我的乡亲们
他们目光慈祥像久雨后清新明净的太阳
他们还是跟我说起山上的那一片月
我努力保持微笑和倾听的姿态
在远离家乡的山坡上寻找花开的样子
我无法回答，山顶的月光是什么滋味
父亲的确在乡亲们的话语里
感觉到有月亮的春天真好

春天，乡亲们都说我登上山顶摸到了月光
都说我的耕耘会有很好的收成
其实春天只是时间的段落
我用登山为她标注句读
山花草树，只做了风景里的月亮

春天，山花盛开草树青葱旺盛
山坡上种植着通体透亮的月亮

我洗净双手打理荒芜的大地
想起当年母亲教我的"一锄点下一颗豆"
待到大雁人字归
乡亲们在家乡的豆子里抚摸着月光

在这里

在城市和村庄的交界线上
勤劳的人们在做最大的努力
躲在西风背后的春天
经历一阵阵疼痛之后
在他们的身边顺利降生

然而清清楚楚的是
城市和村庄各自朝着自己的方向爱恋着
就像孪生的兄弟
他们都有各自的理想和天地
在这里,我只想做一个过客
穿越村庄的风景线

在这里
我的后背靠近了亭子
亭子张望的高度在我的前方
像铺展的荷花
上升的路在朝霞中弯曲
弯曲得像新月
落在心中像家乡的一泓清泉

关于夜的记忆(组诗)

其一

夜,伸入榕树的枝叶
握紧的拳头扑向无边的大海
流水绕过你的身体
为你像梦一样沉醉

当握紧的拳头漏出了星光
夜的枝干向内部生长

其二

健康的夜,纯净的夜
村庄用尽了温暖的星光
在涓涓溪水中点亮
梦中的山茱萸

燃烧的光芒,透明的健康
在我的村庄走向秋天之前
再度展现
村庄在阳光下奔走的姿态

其三

难以抵挡的是荣耀
一转身
黑夜擦亮强劲的翅膀
黄昏彩虹　星星月亮
或收藏或挥霍
哪一种方式利于枝叶的生长

摊开合十的手掌
清晰的爱情线和生命线
指向漫长的空间

其四

我隐隐作痛的胸口
出让我剩余的空间
在清晨听见了鸟的歌唱
没有翅膀的露珠
成为鸟儿第一个观众
倒影的星辉流逝的黑夜
在秋天的入口完成了一次轻快的飞翔

其五

第五夜，我坐下来
看见飞鸟冲向秋天
石头的房子盛满了秋水春光

一滴缺失飞翔的露珠
落下一个美丽的早晨
一棵松树就这样接受了上天的馈赠

第五夜,我坐下来面朝大海
温暖的村庄像海市蜃楼
当黄昏戴上黑色的草帽
蚂蚁敏锐的触须
碰不到大拇指高傲的额头

第五夜,我坐下来看见了你
走在根须突兀的古榕树下
关于飞鸟鸣禽的记忆
指向古老而茁壮的石头
你留下来
像拔河运动员　极力拉回
那段和诗歌有关的　两米粗绳

第五夜,我坐下来看见了你
一个诗人
作为拔河运动员的所有记忆

问　候

问候茶籽坪
茶籽和松脂在秋天
寒露里绿得发黑的针叶
妹妹，你从夏天走来
清水和黑发迷惑我燥热的眼睛
问候秋天的茶籽坪
两条清亮的泉流
比不过中秋的满月

进入花蕾的新房
月光溢出
茶籽坪光鲜的红土和石头
等待春雷或是等待春雨
在茶籽和松脂还没有逃离之前
寂寞的茶籽坪
嫩绿的树枝伸进喧嚣的春夜

推开门
纷乱的春光搅动嫩绿的心事
你逆流而上
在纷乱的春光中找寻迷失的对白
榕树下漏出一地翠绿　从夏天开始
茶籽坪苦涩的爱恋
月光充盈的花房

在你到达的午夜开放

那是春天的午夜
茶籽坪没有蛙声
松树也在朝着秋天尽力奔跑
而你的问候
让我看见茶籽和松脂
在秋天的茶籽坪笑着
蹦出了母亲的怀抱……

正 午

前面是雨
闪电点亮红绿灯
溅起的水擦拭太阳镜晶亮的尘土
张开的伞像盛开在夏天里的荷花

我无以匆匆
前面是雨
后背是米兰春天饱满的货仓
像潮水涌过
没有贝壳
留下导购员硬硬的笑
豆大的雨滴落在伞面无声地滚落

正午，夹心饼干
前后干涩的面饼
需要清凉的水滋润喉头
在雨中也有不速之客
等着山石泥沙一起滚入

街　道

另一个垂直的空间
盛放奔走的激情
还有许多妩媚的眼睛
在开放的门楣上
紧盯男人肥硕的圆腰

这是星期六，街道长长地直指前方
抵达枝头的鸟张开飞翔的翅膀
提起嗓门
春天，如约而至
行人如织　街道轻松
行道树的表情不再是枝叶
过往的车辆行色匆匆，行人慵懒

春天的星期六和春天的街道
不期而遇，像是如影随形的朋友
突然的别离与突然的相遇
看见春天在大地的某一个角落
细数着过往的点点滴滴

春天，星期六的街道
一生中有几个这样快乐的下午

老照片

高山突兀乱石模糊
泛黄的蓝天下　被定格的阳光
李老师和四十六个孩子的笑脸
宛如次第绽放的花朵
四月的暖随风而入

那年我们翻山越岭
只为登上双髻山
看看高山上的电视转播塔
决心让这些成为高尚的背景
进入照片，成为今天美好的记忆
一圈圈扩大的电波
重播六年级时登山的画面

是光阴雕琢了童年
让我找不到当年的自己
像捉迷藏的小伙伴
自以为是地在光影的背景里寻找
真实，像时光里的石头
永久地坐在照片里

老照片里高山突兀乱石模糊
还有六年级登上双髻山时
李老师和四十六个孩子的笑脸

杂　感

冬天过了
我还是向往那片山冈
野花像星星在微风中眨眼
秋虫的歌声溢出屋檐
落入怀里的坚果　沉沉的
像梦中的栗子树坚实地站满山冈

冬天过了
你还是没有回来
山冈耸立
野花盛开　绿色在窗外
迎接或是等待
我都会全心全意

粉　丝

风过水面
粼粼的水波有序地浸入
时光注入海绵　像寂寞的湖水
注入这旷野的山川
无以计算的流量和速度
像这个冬天冰封的海面
冰层下起伏的是波涛或火焰

公交车站
脚步踏出曲折逶迤的路线
回家或是出行
想着宽广的马路和仄歪的胡同
在风过的斑马线外
延伸　一个城市固有的微笑

如小城外的山脊
起伏蜿蜒的柔美曲线
伸展到故乡　捧在手里像掌纹
维系着双手忽冷忽热的气候

只有起伏的波纹
埋葬或深或浅的脚印
猎奇的目光　看见星光
粉丝，一个诗人的粉丝
贴近到一个懒惰诗人的胸口

2009 年纪事

一段曲折幽深的河道
寒夜的风敲打着掩闭的门
坚硬的墙竖起挺立的杆
渺小的曲线陷入体内
润滑和柔美在河道外徘徊
像是危机到来
粮油和衣帽在商店里亮相
顾主深情的目光
等待春风吹开岸上迎春的花

夜的深沉浓重了它的幽暗
东流的水在时间内
筹划一次圆满的集会
河岸上，榕树在夜里舒展身姿
像雪莲优雅地绽放
寒夜的风在河道上
看见榕树细密的纹理和坚硬的内心
东流的水激起前进的浪
越来越多的声音　在河道上
在榕树下　渐渐上升的山川

那是一段曲折幽深的河道
在时间内上演危机与机遇
握住时间的机翼

"时间是人的财富,全部财富"
寒夜的星光照亮榕树博大的树冠
等待第一缕朝阳抹去河道上的阴霾

广　场（组诗）

一

在夜里，秋天高高捧起灯盏
像多年前煤油灯下流畅的歌谣
温暖柔软的角落
向着母亲年轻的怀抱
像灶膛里温情脉脉的火苗
烘烤着母亲眼里上升的日月

秋天
成熟如弯曲的年轮
眉宇间堆叠　发丝缠绕的光影
空气和光线描画开放的领地
进进出出的人们握紧孩子的小手
多年后
开放的广场　你不再开放的领空
像孩提时的歌谣　素面朝天的母亲
楼房里灯光下　对白或歌唱
是否也向着母亲的怀抱
氢气球和标语
像秋天　把太阳高高地捧起！

二

有限的领地，无限的领空
从天而降的秋天有所保留
循云而走　顺水前行
熟透的果实
在某个不知名的枝头
秋风已过
与水无关的飞翔却在水里
夜幕降临，各自的窗子紧闭
无限的领空下人群聚集
围着音乐翩翩起舞
整齐的舞姿，动感的音乐
桑巴舞里白玉兰、榕树、三角梅
只为各自开放的花朵
然而春天降临
没有一朵会相互证明
我们来自同一片土地

三

铁树三角梅
雕像和音乐喷泉
像是纳入手中的阳光
温暖嬉戏的孩子　闲聊的老人
绕场右行的车辆
与广场无关紧要的对白
星空外的领地

抓住线头的孩子
笑声抵达氢气球的顶端
星空里的领地
缠绕着乐曲的榕树
舞姿翩跹的人们在氢气球下找寻
与孩子不一样的领空
握住彼此的手
在广场上踩实每一个音符

夕阳中的半瓶矿泉水

夕阳美好无限
是瓶里的矿泉水照亮一棵树
粗壮结实的枝干接住燃烧的火焰
飞舞的虫越过晚霞
河面投影她浑浊的翅膀
黑白的底片冲洗出发黄的时光

橄榄挂枝的夏天
回避半瓶矿泉水的馈赠
尘世的口袋张开血红的大口
纯净而透明的语言
错位的表述
半瓶矿泉水擦亮窗前摇曳的灯

夕阳中你不停地追问
半瓶水在尘世里坦荡的爱情
半瓶矿泉水在书桌的左边
照亮另一瓶水

香樟叶上的阳光

阳光
像鹅黄的香樟树叶
闪闪亮亮　在春风里
摇出叮叮当当的歌
这是春天的上午九点
越拉越长的金色光线
进入一种飞翔的境界
像风中鹅黄的香樟叶掌
轻轻地托举　托举出
一个明艳响亮的上午

而你，在树下，在广场的边上
在闪光灯扑闪的千分之一秒中
迅速地做好美丽的准备
等待上午的阳光
描画你油菜花一样灿烂的春天
香樟树古老而茁壮的躯干
飘飘洒落的是被鹅黄击落的枯叶
像一串串踩响春天的脚步

车过福清

我经过的城市都一样
车行走在宽广的水泥路面
阳光和流水后退到模糊的角落
后视镜提醒一段安全清晰的距离
车过福清无需言语也无需回忆
一个熟悉的名字和一座陌生的城市

在车上熟悉一座城市
就像用快门按下一段稍纵即逝的历史
水泥楼房定格成车窗里永不褪色的风景
无需用赤裸的脚板探测大地的温度
换季清仓的告示预告着下一个季节的降临
而"三分裤"仍在女孩的腰间
一个熟悉的名字和一座陌生的城市

车过福清　看见福清的店铺
琳琅的商品和并不高大的街树
也看见福清的孩子
背着书包匆匆赶路
我曾惦记的女孩啊
是否也像我一样在路上
挑水　买菜　上班　下班
或在夕阳下和爱人散步
当秋风吹过溽热的街道
是否也像我一样老迈

游　泳

平静的水域
黄昏与流淌的激情
在夏日的午后悄悄前行
接近彩虹的姿态
触碰着随风而起的浪花

对于一个游泳的学生
勤奋的四肢
打碎一片蓝色的宁静
斜晖和彩虹在空中
荡着秋千似的梦

激流和浪花
汹涌的热情直逼嘴唇
石头和树根占领黑夜的水道
遏浪或溯水
识水性的十指
步步为营
暑热退去　黄昏依旧

彩虹飘进星星的眼里
领地
我们所拥有的一片水域
左岸是夏天

风景里的月亮

右岸一棵秋天的树

勤奋的十指识水性　划破宁静

十指抓起水里的彩霞

秋天的树高高在上

迎着西风

你从东边来
从孩子的笑声中走来
迎着西风，迎着冷静的西风
没有改变灯光的方向
没有放下沉重的行囊
迎着西风，迎着沉默而冷静的西风

是泥泞，是坎坷
像梧桐树坚守的枝丫
像菊花台上摇曳飘香的花瓣
寒夜里星星闪闪烁烁
在西风里坚持自己的姿态
古老的渡口　繁忙的街道
奔走的脚步迎着西风前行

迎着西风，从东边来的兄弟
会遇见西风之后的另一个女友
另一个有山有水的家
春风吹过长长的走廊
红杏的娇媚，三角梅的芳香
温暖飞舞的彩蝶和欢快的杜鹃

泥黑的草籽
绕过坚硬的西风　沉默而冷静

栉风沐雨　生根发芽
走廊外春天在西风下渐次灿烂

我们的广场

这是开放的广场
在夜的怀抱舒展她的胸怀
展示自己的深度和广度
灌满声音的广场
充盈着空气和湿度
鱼贯而入又鱼贯而出的人们
在广场内部做最好的停留

这是透明的广场
秋风穿堂而过
跳舞的人们围着音乐
开放而舒展的姿态一如这广场
释放出音乐喷泉的激情
舒展开放的四肢像菊花柔韧的花瓣
瓜分广场　砥砺霓虹和秋风
留下奔走的目光　分享
广场和秋天　黑夜和舞蹈

这是我们的广场
吃过晚饭妻子说：
孩子，牵着妈妈的手，我们到广场走走

起风了

起风了
吹皱一池春水
那等在季节里的容颜
像八月的桂花星光灿烂
一路飘香

起风了
吹落一树梨花
那岔路口的灯盏
像秋后的菊花飘飘忽忽地摇曳
摇落了春天没有做完的梦

起风了
吹起一江波涛
那漂泊的双桅船
像风中的吊兰
只有延展的茎蔓会告诉我
阳光的方向

黄 昏

这是两年来的积蓄
秋天把夏日延伸
在我眼前展开她成熟的肌肤
我站在边上
用黑夜的耳朵倾听

黄昏摊开温润的手掌
抚摸着山坡上的孩子
看护着归去来兮的飞鸟
我在歌声中寻觅
雨水打湿过的草帽

女人的耳语，我不再旁听
用心触摸菊瓣分割的天空
还早吗？暮蝉已唤醒听众
游，我们还等什么
干完这最后一杯酒
秋天伸入我的内心

黄昏，是太阳温暖的家
我们又会透明到天亮

当秋风吹过大街小巷

当秋风吹过大街小巷
宽阔的街道很清爽
像春天的垂柳
北大路旁的池塘边上
只留下菊花纤细的手指
指向遥远而又碧蓝的天空

当秋风吹过大街小巷
大雁菊花的天空里远行
只留下多情的秋蝉
唱着焦躁的歌谣
再度激活夏天的喧嚣
热闹的只是秋天的枝头
平静的是我的村庄和母亲的双眸

当秋风吹过大街小巷
平静的村庄在喧嚣中沉默
默默地等待,想是等待久别的情人
从高高的枝头上悄悄地滑落
金色的种子掉进母亲的怀抱
温暖她疲惫的双手

当秋风吹过大街小巷

换季的服装在商场甩卖
能让我感动的
是这平静的村庄
和母亲温暖的微笑

夕阳下的沉思

这时候，夕阳只剩下红晕
她长长的身影映入我的心底
在长长的斜坡上
背吉他的乡村女孩
她走动的激情扩张到乡村的树梢
只有你
长长的剪影在我的心底
像投递过的邮戳

曾经流淌着水的河床
走过来晨晖中出走的孩子
在夕阳的红晕中茁壮成长
此刻，我无法辨清自己的老迈
是孩子的成长辉映了稀疏的黑发

这时候，我不敢有太多的妄想
秋风起了，老井里的水也会渐行渐暖
直到开春的第一声雷响……

行走在中亭街

行走在中亭街上
春分的风吻着
闽江柔嫩的浪尖
呢呢喃喃的　是你的温存
像是梦中
我回到了童年的小溪
欢快的心跳一如山泉叮咚
这时候是春分　酒醉的春分
熏红了屋后的那丛杜鹃

行走在中亭街上
我再一次跌进春分的漩涡
黏手的糯米糕甩不脱春分的雨
喧嚣和熙攘把我一次次推向巅峰
跌落的声响在喧闹中沉默
沉默像中亭街的春分
流入春风吻过的闽江

中亭街，适合行走或购物的中亭街
春分的太阳在我的指尖遁形
我的兄弟像是一个守望者
在中亭街，他握紧车把向东走

感遇诗

下午的雨溶化坚硬的暑热
海滩的风在椰树梢穿行
看见自己，也看见海涛
鼓浪屿外的喧嚣在耳根沉寂
像海浪不断上升又不断下降
跌落和前进，不再分开的孪生兄弟

无以推崇的日出在心里冉冉上升
海像天空那样扩张
蔚蓝的宁静　燃烧的热情
哪一种可以温暖灵魂里熙熙攘攘的小区

回　眸

你回头看一看
那时五月的鲜花正灿烂
你说就像你少女的情怀
让我用心捕捉
五月最热烈的阳光

你回头看一看
五月的正午
我们各自怀揣着心事
打篮球、跳舞、写诗
五月的正午
我们各自怀揣着的心事
就像花和树都有各自的正午

你回头看一看
五月的下午
我们都曾有过的故事
郊游、读报、写日记
五月的下午
我们都曾有过的故事
就像木房和水车都有自己的下午

你回头看一看，五月
但我的五月，我已经不能回眸

风景里的月亮

在长长的斜坡上
听见五月潺潺的流水
绕过我的衣襟

你回头看一看，五月
但是我的五月，我已经不能回眸
堆叠的阳光已经雕饰我的黑发
潺潺的流水带走了我的青春
像五月一样的青春

城市即景

台风穿过大街
一只红色的塑料袋
鼓着肥胖的身子飞翔
飞到五楼又慌不择路地逃跑

在红灯、黄灯、绿灯的断面上
一张张川流而过的脸
拒绝每一次闪烁中可能闯进的危险

红灯亮了
蟋蟀的歌声戛然而止
一头水牛
迈开了优雅的脚步

右 岸

竹影婆娑　稻谷飘香
稻草人荷锄扶犁
右岸灼人心房的田园牧歌
沿着河流向南流转

月光叮当　人声嘈杂
是左岸投射来的羡慕眼光
两个家园　隔江相望
在上升和奔跑中找寻风的方向
当青绿的山坡已成为秋天粉红的嫁衣
在阳光舒缓的水波里打捞
右岸更迭递进的时序
堆叠成平稳祥和的心事
廊桥外，秋水如明亮的眼睛
看见了稻草人走进深邃的秋天

宁静的夜晚　右岸宽广
九月，果树的枝桠沉重
在俯首沉思中找寻
三月的细雨里打湿的鞋子

等你，在左岸

寒冬里，前行中忙碌的脚步
朝北的双眼
在左岸热烈地期盼

春天
常青藤　金银花
长长的篱笆外　抽长的嫩叶
像小花蛇耀眼的信子
吐纳间碧空里繁星满天
等你，在左岸
长着常青藤开着金银花的左岸
为你开放阳光灿烂的窗户

枝叶和根须都有远大的理想
向上擎起碧蓝的天空
向下酌饮清冽的甘泉
茹荫的左岸　开放的姿态
等你，在左岸
绿色的翅膀在枝头优雅地飞翔

指向秋天的枝桠
深入内心的追问
左岸，黄花在开放的园地
用心编织沉甸甸的秋天

深黛的远山奔走的原野
一棵树，一棵秋天的树
在左岸，飞翔到秋天的高度

等你，在左岸
在寒潮来临的时候
为你燃烧一把温暖的火
像春天的金银花夏天的绿枝桠
或是秋天灿烂的菊花
温暖季节的天空

秋 天

秋天深深地扎进我的内心
就像春天的铧犁
把锋芒深深地插进春天的心脏
痛苦的只有种子的叮嘱
像母亲的叮嘱那样让人梦萦魂牵
出门去吧，去找寻自己的秋天

在夜里奔走的人们
听见晨星从平静的湖里陨落
看见太阳从双肩升起
在梦中把母亲的叮嘱
颠来倒去地阅读
为她找一个最美的神龛
祝愿她一路平安

当秋天深深地扎进我的内心
我又一次看见奔走的人们
在收拾自己的屋子　存放心中的热情
扑闪的眼神像欢快的心跳
而灿烂的还有菊花
母亲的微笑

冬天的黄昏

像是薄暮里归航的鸟儿
冬天的黄昏总是行色匆匆
连落日的余晖都不再
留恋
群山巍峨　河流迂回

像秋天的屋檐下唱晚的蟋蟀
冬天的黄昏总是行色匆匆
一出声就跌进
深情的怀抱
炊烟袅袅　桑梓如花

像旅途上的列车
冬天的黄昏总是行色匆匆
上升的路
还很长　很长

短　章

一阵风，一场雨，一缕阳光
温暖我萧瑟的花园
牵牛花在篱笆外
迎着阳光抽长
她的嫩叶
一夜间铺满我的小院
夜幕降临
我听见花蕾绽放的蛩音
当太阳升起
那绽放的牵牛花
像碧空里满天的繁星

飞扬的雨丝

飘飘洒洒地飞进丛林
约定就在今天
清明　飞洒的雨
缠绕山野的腰间
在行人忽明忽暗的眼里
高高低低的不是脚下的路
坎坎坷坷的是一段段往事
这是清明，飞扬的雨丝
洒的深度，思想的远足
在清明　在雨中
在高高低低的脚下
侵入心魂的思念
像山花在雨里
多少灿烂的心事随风老去

眼睛里的世界

——看贝多芬画像有感

1996年冬天的一个晚上,那时正值期末迎考,我在福建师范大学的文科楼103教室上晚自习课,说是参加晚自习,其实是到安静的教室里读《巨人三传》。读到贝多芬传有点累了,又刚好到了下课时间,我放下书,不经意抬头看见103教室左墙上贴了一张贝多芬的画像,突然有感,就写下了这首诗。后来这首诗刊发在福建师范大学文学社的《南风》里。那时我才开始学着写诗。

在混沌中交谈
锐利的双眼点亮星辉
在混沌中交谈
即使十指如何刚健
即使胸膛如此宽广
河水的流向仍模糊不清

开始找寻　用最原始的舞蹈
在河岸上默默追逐　彩云飘过
鹅卵石的纹理伸入内部
忧郁的目光暴露内心全部的忧伤
河水在阳光下　冷得扎手
只有脚步　无法停住

一样的找寻　一样的爱恋
月光照耀曲折的湖岸
守在茅檐下静静地等待

如水的十指能否揭穿
湖对岸美丽如春的迷蒙

慢慢地走
像大和弦在拨动中渐渐悠扬
锐利的目光在迷蒙中敞开
河边上干涸的爱情

灵魂的舞蹈在眼底徘徊
茅檐下的守望　月光里的激昂
次第开放，灵魂深处最终的渴望
挣脱锁链和死亡
分辨她们与河水最终的界限
耳朵能听到的地方就是生命的家园
在声响内外　看清每一个角落
不再奢侈激烈的语言
琴键上失聪的耳朵
十指导演出生命的彩虹
命运自然在河流中激桨扬帆
……

在春天

在春天　枯叶腐朽　酒瓶倒挂
是什么样的河流适合生长

在春天　往事重提　香气弥散
是哪一片叶子记录了成长

在春天也有疾病和死亡
是哪一朵鲜花笑到天亮

在春天花草树木和我
所有的子民都在经历着
生老病死

是成长为将军
还是做战斗的勇士

兄弟，别为码头哭泣
——给 LW

平静的码头做出开放的姿态
兄弟们坐北朝南
把忧伤留给驳船和岸滩
四围的青山　心中的芳
记住路上的晨雾和晚霞

兄弟们坐北朝南
夜的芬芳漫过河滩
故乡的露珠滋养发梢
倒映出青山　倒映出杜鹃花

在路上遇见了美丽的芳
多情的芳
在夜里歌声嘹亮
殿堂里的灿烂把幸福播撒

没有星辉的夜晚
突出你抽烟的姿态
码头上累积着
不堪重负的后背和肩膀
内心的花朵凋谢成开放的芬芳

写信只是对过去做无谓的祭奠

兄弟，别为码头哭泣
从这个码头出发，兄弟
新的坛子会装满故乡的水酒

在春风的怀里

一声鸟鸣
像孩子手里的棉花糖
白白的甜甜的
在你的怀里诞生一串微笑
一个清亮的早晨
像一面拭去尘土的镜子
流入晨曦的河水在歌唱
水圳边　芭蕉下　石井旁
摊开牛羊　鸡鸣　炊烟和捣衣声

像熟睡的婴儿
在你的怀里　自然苏醒
一片舒展着筋骨的田垄山川
一淙淙随风而动的山泉小溪
撩拨着村庄蠢蠢欲动的眼睛
牛蹄边　铧犁下
平平整整的泥土　在春风的怀里
堆叠起充实温暖的村庄

拉开拉链
村庄的心事像竹筒里的豆子
镰刀锄头　蓑衣笠子
蓄谋已久的出走
连感冒的父亲也义无反顾
任凭春日的阳光催生花白的黑发

夏　天

夏天
村庄的夏天
水草丰美的夏天
夏天
养精蓄锐的夏天
山坡努力蓄水的夏天
每一个山寨都有阴凉的文字
每一个山头都有茂盛的语言
每一条河流都有清爽的诗歌

然而夏天
在城市的夏天
阳光坚挺的夏天
周正完整
在人民路
不再悠闲的夏天
忙碌的夏天
车水马龙的夏天
灯火通明
一些贪图凉爽的人
推开窗　接纳燥热的眼睛
夏天
休养生息的夏天
养精蓄锐的夏天

在阳光下曝晒我坚定的村庄
夏天
车水马龙的夏天
灯火通明的夏天
在体贴的空调外坚定我清爽的灵魂

雨

雨落下来，风的翅膀
在飘荡的夏天找寻
一段颠簸曲折的漂流
终于搁在浅水滩
黄昏逼近我的鼻尖
深入树冠的暑热
灼伤翠绿的枝干

雨落下来，急匆匆的夏天
推不开秋天的门　虚掩在街道上的黄昏
让那些进进出出的眼睛
看清股市和人群的走势
注定又一个夜晚在黄昏的雨中降临
面对无数双眼睛
精神抖擞的星星
争着挤进树叶的缝隙点亮翠绿的村庄

虚掩的门，进出的门
在夏天的街道上
急匆匆的雨将帷幕拉开
不再敲打的是瓦片
沉默的门不会拒绝高傲的右手

一个黄昏已经足够
半杯酡红的葡萄酒

一碗水

一碗水，盛满阳光　像鲜花
积蓄了两年的汗水和雨露
在九月的微风中绽放烂漫的笑容
一碗水，平坦宽阔的水面波澜不惊
像明净的镜子照映着许多饥渴的眼睛

九月的会议室依然燥热
一张纸宣告一碗水被无情地接走
秋天就这样走进了温润如春的内心
面对面的谈话早应该拉开　预防或逃离
夏天的手掌出乎意料地扩张
挤压的疼痛，震动夏末初秋的上午
盛满阳光的水碗在一声号令中粉碎
碎片的光芒像尖锐的秋天　霜打黑发

十点，人们鱼贯而出
和九月了无牵连的第六个号码
堪比一碗水一样沉重的分量
触及未了的内心平静如初
七月，河流往来不定
一碗水和两个秋天的热情
在手写的图纸上留下完整的背影
坐在我眼眸深处　眺望
那缠绵的六月和春天的脚印

九月依然，松树岗上的风
携着阳光和雨露进进出出
在不被收藏的上午十点
一只鸟开始它全新的生活
内心的秋天一如往常　水泥路
连接着松树岗和我的故乡

回 忆

夏天的潺热不停地侵入
我和谐的内心　星子闪烁
虫萤舞空　黑夜里闪亮的憧憬
凹凸曲折的村庄和完整的城市
像是十年前的八月
秋风吹开一扇门　一只手
接走一碗水或是一片果园
破碎的光明灼伤黑发
八月的茄子遭遇意外的严霜
出走的果园在我的右手外
开花结果
我无心追问是否可以放任
猝不及防的左手　来自后背的阵风
但成长的花树已向我表白坚贞
告诉我从春天开始的爱情
可以到达秋天奔跑的高度
每一条河流都将寻到自己的大海

夏天的潺热再次侵入
一只手　一只世俗的手
又一次掏空夏天
没有文采没有章法也没有水分
用秋天凉爽的微笑迎接九月
这个平静的下午

我不再青春的卷发
再次陷入城市完整的忧伤
我的园地在开放自由的晨曦归于平静
在欣欣向荣的下午上升
内心的快乐在溽热中前行
而台风"莫拉克"已侵入我的早晨
像九月的霜敲打我整装待发的旅行

"年轻是资本"
在那儿成为拒绝我攀登的理由
但我不能停留　抵达秋天的高度
经验不断地被求证成真理的下午
即使夏天已被掏空
秋天不再困乏的天空　将倾其所有
捧起一碗水或一片果园的净重

三条街

三条街的春光已经耗尽
夕阳下一群穿着夏装的女孩
在想进入夏季的行道树下暗自神伤
斜阳里,街道上,看不见归巢的燕子
行色匆匆的少年无心眷顾夕阳中的新娘
三条街的春天在行道树下闪着暗尘的光

流行音乐代替了单调的叫卖
这是黄昏里的三条街
三条面目各异的街道
像志同道合的朋友
背靠山梁　　面朝闹市
在高楼下呼吸黄昏里的氧气

你回来

你回来，带着换洗的衣帽
把街巷轶事都放在门外
从头到脚，一副尘世里坚强的身板
雨雾飘飞　水汽充盈
四月的阳光逃遁在榕树下
了无牵挂

你回来，家园依旧，铁树不再
在夏天的入口遇见太阳花
恭维代替了寒暄
梅雨沉沉　压弯了傲骨的枝条
你还没做好充分的准备
尖锐的雨汽已钻进你的右膝
在膝盖里不停地诉说外面的疼痛

你回来，水泥路平坦如初
疼痛的右膝让人趔趄
像盛夏里的雷阵雨
淋湿了荷花晴朗的梦想

高贵或是其他

让我再次进入阳光的内心
热的血遇到猝不及防的冷落
黄昏，周遭弥漫着杨花苇絮
所有的暑热退却到山川边
看见鱼贯而入的人群
是随从或者是看客

平静的外围空间
拒绝进入的向心力　在疏懒中扩张
像黄昏降临到村庄　只有炊烟
在瓦楞上空作优雅的抗争
遥远的村庄外　街市上
高贵异军突起
伸入内心的触须像鞭子
抽打出不健康的疙瘩

这高贵的黄昏
华灯登上街市
秀出有限的白昼空间
我愿停在这里
看清自己卑微的灵魂
在明亮的高度上　等待
再一次进入你高贵内心的入口

月　问

很早以来就那样真实的存在　　想象
瓦檐下的飞天　　裁剪出吉祥的月光
天井里兰花三两丛
主人的呵护在青葱的枝头欢快地仰望

就这样你不再像优雅的兰花
在偷走了灵药之后
躲进了兰花香熏的月亮
只用轻纱似的光覆盖怒放的花瓣

看见兰花　　月亮下想象
你就在飞天外
洁白的兔子在你怀里享受高贵的恩宠
广寒宫里最灵动的红眼睛
吻着桂树的伤口
斧子在吴刚的吆喝里银光闪闪

问你还有多久可以到达
你说灵药没了，想象还在
就像手里的移动硬盘
手掌里装进真实的现在

徒步走过这条街

面对着盛开的白玉兰
我只好徒步走过这条街
在黑夜降临之前
让她像星星那样闪亮
风中落下花瓣
像星光散落，一地圣洁

可是，黑夜降临
她只剩下淡淡的幽香
不经意地熏染行人高傲的鼻尖
我徒步走过这条街
看见白玉兰在秋风中凋谢
像晶莹的碎片

圣洁的花瓣上留下车轮碾压的忧伤
尘世里车来车往，接踵摩肩
树上盛开的花朵　还有我眺望的眼睛
关于这个城市

我不能说出她的全部
一条河和八条路
还有许多传说
只要翻开我们的族谱
英雄豪气会撞伤你的第八根肋骨

至于现在,我每天穿行在里面
看见楼房一层层拔高
听见打桩机猛力击中地心
书啊画的在古老的孔庙里展出
朋友说:这个城市水太深!
你得慢慢走……

未 来

健康，真实的就像这样
每一段路都溢出生命的色彩
我只有好好地把握现在
阳光雨露纠结成沧桑的皱纹
古老的枝干　遒劲与坚韧
历练　在这片真实的森林面前
曲折绕过　时光以外
年轮刻入坚实茁壮的肉体
不断扩张的版图像浓艳的激情

沿着这条路穿过真实的树林
春天在老树的枝干
而生命在春天之上
纠结阳光雨露
共同谋划一个温润宁静的未来

关于冬天的十四行

一

庆幸高大的阔叶乔
胴体在阳光下
省略粗犷的呐喊
坚强的细节缴付长久的积蓄
是冬天太强硬
还是高大得有点软弱
站在原地看见自己的影子
溢出粗糙的地面
还有没被清理的落叶
借来风的翅膀
优美的飞翔像羽化的蝴蝶
想飞到原有的高度
滑翔的机翼
终究没有飞出大地的胸脯

二

我想也应该有一个美丽的冬季
像老鼠不停地享受
珍藏在地洞中圆实的坚果
出入自由　寝觉自主

然后在夜里做着新婚的美梦
梦醒后还是冬天
坚果在下而梦想在上
朋友来了好酒好菜
这样的冬天很美很诱人
天空盛开美丽的花朵
大地热情地出让，沉默
在出站口，我等待已久的目光
看见你，幸福盛开
在美丽的冬天过后

三

是你的鼾声太小
总是击落下沉的雪花
绽放在脸颊上的玫瑰红
点缀拘束的童年
雪水滋润大地
肌肤像皲裂的松树皮
坚强地裸露　奔跑的脚步
沉默，像严寒拥挤而窒息
松树在那儿站着
聆听你太小的鼾声
梦的脚步向前
休息和工作有同样的意义
只是鼾声
在晨晖里证明过去

迷失在春的枝头

你深沉的寂寞,让我牵挂
在长长的枝头,冬天光秃秃的
所有的童话深藏在枝条外

这时候,你来了
你带着温暖的笑脸来了
阳光下灿烂的脚步
在枝头平平仄仄的
弥漫春天的鼻息
这时候,童话故事
刚开了个头儿
而我在你明朗的笑容里迷失

在中央公园

群山　在远处
松竹苇草都是她的子民
幕天席地　阳光雨露
每一件都得亲手珍藏
作为情人的礼物
给山间溪畔
与虫鸣鸟叫朝夕相向

在公园外楼房迅速地成长
男女老少　楼道里的子民
散步跳舞遛弯　惬意的享受
与公园有关的节日和灯光
热闹的子民
有成熟的美，有青春的靓

而群山越来越远
打桩机的额头磨得鲜亮
像镜子　照见
骄傲的子民卑微的草树
许多无辜的曲线
被挖掘推平填土掩埋
方方正正地端坐着
等待成长

闯入茶庄的蝴蝶

一只花蝴蝶像一缕茶香
闯入茶庄　扇动着悠闲的翅膀
翻飞和穿梭　在水泥丛林里
茶香和水汽弥散在周遭
用追寻花香的执著追寻伙伴
茶客　目光在翻飞中腾挪起伏
茶庄外，阳光灿烂

一只花蝴蝶　大地的一个子民
在茶庄享受下午的水汽和茶香
惊动蜷缩的茶叶
在温热里舒展，青绿的想象是蝴蝶的翅膀
高高在上
这让我想起庄周
在午睡后思考大地
一个人一棵树一根草
还是一只甲虫
唯有蝴蝶让庄周感动
就这样下午开朗起来

那时候是秋天
宜人的不是秋水，是蝴蝶
像秋天的落叶，自上而下的舞蹈
留下天空和赤裸的枝干

下午空空的茶庄
水汽　茶香　花蝴蝶
而庄周没有泡过功夫茶
只是想让自己成为蝴蝶　然后
庄严地向大地宣布
大千世界又多了一只蝴蝶

茶叶在水汽中舒展开来
无非是庄周
在纷扰中忘记自己
幸福地做梦

今夜不再忐忑

今夜，秋风挨着大树
在曲折的河道旁
水汽消散长风弥漫
我无心倾诉秋天的宽大
在这水汽注满枝头的黑夜
有一颗逃跑的种子
重重地跌入大地的怀里

今夜，秋风挨着大树
像大海紧挨着土地
火红的年代和沸腾的青春
注定在山和水的依偎中剥离
山间田野农人小屋
写在人生边上的工笔画
土地与海洋像兄弟那样手足相亲

今夜，秋风好爽
南去的河水向着更南的南方
多年前的那一场相识
酿成夜话　夜夜欢畅

秋 荷

我的景致已不在这里
在你的怀里　失水的叶
出让宽广的水域

严霜逼近
像让出时间一样让出美丽
曾经像太阳一样高傲的头颅

菊花接走了所有的灿烂和赞美
然而塘水如秋子
黧黑的泥土像爱情的信徒
守着莲根节节通直
然而塘水如秋子
像少女纯情的眼睛
等待另一个激情的夏日

元旦记事

闹钟响起,一缕阳光
从现在开始一天是我的 2012
刷牙洗脸吃早饭
只是今天可以在家等着
阳光绕过窗台
接收祝福的短信
或者我坐下来
和父亲泡茶聊天
一些无关紧要的下午清晰起来
像阳光透过胶片
父亲说:茶很酽,还是喝水好

阳光绕过来,就这样开始
我愿把祝福系上每一缕阳光
凹凸的大地上的子民
草籽　狗尾草　松树　迎春花
在阳光的祝福里春暖花开
我想幸福应该是这样:
在系有祝福的阳光里
品茶喝水生长

在吾祠煤矿的那天上午

十月，阳光站得很低
像枝头上沉重的果子
在通往新桥的路上
梯田里鞠躬的稻穗
把站立的阳光安放成谷粒
我想，小阳春都是用这种成熟的语言
表达爱情

然而在吾祠，秋天的阳光站得很高
也来得热烈
像轨道上行进的小火车
从矿灯和铁镐中穿洞而来
彻底交代和秋天毫无关联的色彩
这个季节丘陵青葱，稻田灿烂
唯有吾祠以夜色的沉稳和坚贞表白爱情

我感动于秋天的这份沉着和热烈
在吾祠煤矿的那天上午
我无心留恋哪一则灼热耳根的呢喃
就把秋天和吾祠　献给耕耘者

这是来自恐龙世纪的祝福
当草树把阳光收藏，转入地下
是握镐的双手唤醒深沉的梦

是恐龙世纪的阳光抚慰了艰辛的男人
今天，她沿着小火车流进秋天的吾祠
与我对视　积蓄的阳光在草树的胸膛里
不知可以温暖多少个炉灶
收藏了一季阳光的稻穗啊
可以温饱多少个秋天

在吾祠煤矿的那天上午
两个秋天的阳光就这样邂逅
然后各自去温暖那些需要温暖的季节

春之韵

像一支温柔的小曲
东风踮着脚尖,悄悄地
推开剪纸装饰的窗棂
眼眸灿烂,是一窗翻开的笑脸

像一串悦耳的塞外驼铃
阳光晃动着水面,欢欢喜喜的
漫过山岭田畴
新绿妖娆,是一树绽放的生命

像小姑娘头上玲珑的花饰
蹦跳的皮筋,上下翻飞的毽子
从一个脚背流到另一个脚背
山花烂漫,是一川翔实的期盼

立春，飞翔的蝙蝠

立春　黄昏
迎春的花炮推开山野
深沉的回声像遥远的呼唤
唤起了蝙蝠，接近黑夜的飞翔

烟霭从山峦下沉
接近地气
江面的水雾从浪尖上升起
接近云霓
招来金贵的雨
尘土空前团结，抱成团
从树枝上无声地滚落

蝙蝠，这黑夜的精灵
在立春的黄昏轻捷地出动
水面的雾霭成为滑翔的舞台
不知道有哪一颗早春的种子
会随着春雨降临
也不知道有哪一只早飞的虫子
像飞翔的蝙蝠
成为春天最好的礼物

蝙蝠和尘土
向上的飞翔和向下的滚落

风景里的月亮

在立春　在雨里　找寻
适合成长的方式

做三月的王

让我做三月的王
雷雨流经地表
迟开的花终究站上了枝头
大地的眼睛　明亮
葱茏的树　湍急的水
世间的宝物在三月展出

而我只做三月的王
不去求神拜佛
不去打猎砍柴
让老牛拉着铧犁
让小鸟纵情歌唱
三月，阳光充足雨量丰沛
蓓蕾绽放落红化泥

让大地做三月的王
吐故纳新　前赴后继
上升的是水汽
下降后就是甘霖

在风景之外

无论我怎样拔高自己
大山、瀑布、翠竹、红豆杉
还有紫色的鸢尾花
在太平寮热热闹闹地开放
它们的质感和舒坦
让马达的轰鸣变得卑微

原始的围猎　捕获
风景以外，行色匆匆的访客
山花草树
我，只好驯服地成为她怀里的猎物
像一只孤独的老虎不经意地闯入
陌生的领地　无以享受的美丽
只好在一饱眼福之后忧伤地离去

那个叫太平寮的村子
浓密的绿，纯洁的静，清新的空气
包裹着每一个过往的脚步
像被树叶分解的阳光
清清凉凉的，一泓山泉流过
苔藓和地衣不吝惜
渐行渐远的脚步
是叮叮咚咚的脆响

在太平寮
我们的对话显得苍白而脆弱
来不及思考　驻足和凝望
只限于这种简单的程式交流
快手的摄影者还会不停地按动快门
流连在一处的风景定格成永远
除了这些，我还剩下什么

风景之外
一条文明的街道在延伸

江南春雪

春天　在江南
桃花　柳絮　绿水青山
像精灵一样的雨
如果随东风起舞
在江南，春天就是温润的玉
然而，在春天
当台风和寒流同时向南方聚集
风的脚步步步走紧
像是一道道从天而来的霹雳
法国梧桐魁伟的枝干
擎起鬼蜮般的天空
江南的天空
温润如少女般婀娜的家园
温暖如母亲般慈祥的冬天
江南，在春天
在风的脚步中听到了一阵阵的喘息
一个亲切的江南遭遇一个陌生的春天
在皑皑白雪中苦涩地诞生
雪花优雅的舞姿扭曲了江南妩媚的腰身
赶路的兄弟
把路当成歇脚的驿站
焦急等待
等待白雪中另一种色彩
七彩阳光中的任何一种

都会给江南一份装饰　一怀温暖
南归的雁　渴望团聚的人
用掌心温暖疲惫的春天
多雨的江南忧伤的春天

桶装水

像保护华南虎那样　爱护水
在笼子一样的塑料桶里
高贵的保护演绎饮用的安全
截住流淌的歌声　进入这个城市
不同的楼层

相知的水来自不同的树根或石崖
母亲河，在桶装水外
攫取在抛弃中博弈
流淌的舞蹈在行走中痛苦地沉默
山头树根　阳光绿叶和水
鱼的家，我流淌在血里的体温
舞台在桶里　炊与食和谐地上演
桶外，鱼的手在腐烂

多年以后的今天
桶装水只是另一种有形的否定
江滨人悠游自在的晚餐

守　候

杨梅板栗　松鸡田鼠
只把你放在心中
在秋风里注视你如眸的碧水　青天
诺言温暖心扉，许在爱人的心尖
我就无可担心地睡到地平线发白
水墨画里层次分明对比强烈的风景
怀里的毛竹水杉和紫金山
只把你放在心中　在你身边走过的时候
投水的黑影不惊扰水中嬉戏的鱼

阳明门杂沓的脚步
挑夫结实的绳索捆住一摞柔软的月色
船工号子吹开相聚时灿烂的烛花
绵延的水路　阳明门幸福的月光
赤裸的脚板印在青石板　细腻光鲜的记忆

铁的城却与铁失去必然的联系
内心的刚强是诗或者是画
勾勒出逝水中明暗粗细的线条
霜天里怒放的黄花　阳明门内外绚丽的春光
只把你放在心中
诺言温暖心扉

当巍峨的不再巍峨

守候的不再归来

再给我一条河，我能怎样

江滨夏夜

夏夜　江滨
三角梅在虫鸣里静静地绽放
像轻轻柔柔的风
推开汀江曲折深沉的怀抱
古渡　码头　星光　长桥
榕树　江堤　竹影　霓虹
无一例外地成为怀里的宠儿
依偎低语的波涛
遗落的歌声
摇曳的渔火灯盏
像是黑白的老照片
在浮桥渐行渐远的背影里
在古码头的热闹和喧嚣外
坚守
热望的高度溢出曲折的江堤

夏夜　无心的孤鸿
独步的姿态
惊起沉静的梦
像青春的记忆里那段刻骨铭心的爱情
南来的流水绕过跫音依稀的码头
凭栏的双眸隔江相望
霜天黄花的吟唱
像古老的渔歌沿着这曲折的江水

汇入奔流的血浆

夏夜
该有许多的温存与感动
像风一样轻轻地贴近
曲折深沉的怀抱
触摸凹凸坎坷
聆听喧嚣与沉静
感受沧海桑田

夏夜
步入霓虹闪烁灯火通明的心田
三角梅灿若星辰
安详的城市恬静的村庄
在曲折深沉的怀里
舒展每一份张扬的微笑……

落叶·梦归

我问过红花和果实
我的梦到底留在了湘水的哪个枝头
从春到秋
她们吸引了很多赞誉和目光
秋风来了
我终于可以借着秋霜来饮醉自己
没承想这一醉就跌落到泥里

又是春风吹大地
我才知道跌落成泥后
梦又挂在了你的枝桠

在天马山遇见红胸鸟

哇！好漂亮的小鸟！
红胸鸟美艳的羽毛润湿了你的喉咙
天马山顿时鲜活起来
这份热情点亮四月的黄昏

漫步　朝拜　读摩崖石刻
一些经典像大雄宝殿前的梅树
留下微笑和幽香　温暖四月的大地
红胸鸟飞过
城市在树梢下摊开宽厚的手掌
欣欣向荣的景象全在红胸鸟的肚脐以下
美好的黄昏绽放在红胸鸟休憩过的树梢

春天到底有多大？
红胸鸟和金甲虫证明了春天的深度
一片绿叶伪装了毛毛虫整个春天的梦境
这样谁还想追问春天
有红胸鸟　有天马山
有梅树冠下的微笑
就拥有了这个美丽的下午

江　风

在水面上行走的人
把河道当做了高速的跑道
江风努力奔跑出波涛汹涌的姿态
水涛和月光充实了江岸
像是篱笆的江岸挡住江水的踢打
江风雕琢了江水也装饰了江岸

第三十六个夏天

挑选、讨价还价，追逐季节、移步停车
三十五个夏天就这么走过

三月归来的燕子飞得忽高忽低
用冬泳的手势游弋在春天的水里
凌晨五点，第三十六个夏天因时而降
黎明的喧嚣击退左耳杂乱的声响
生活在嘈杂中真实地走进广场
像右手边上的菜市场
以真情喂养城市的胃
却在喧嚣中找寻安静的睡眠

一条鱼的梦想

为了绕过颗粒的碰撞
鱼梦想着
从大树冠下出发游回大海
面对如此高贵而大胆的计划
有多少人在披星戴月中劳作
就像父亲用赤脚踩扁稗草

当秋天走进鱼眼

当秋天走进鱼眼
飞过村子的小鸟看见家园
乡亲们忙着搬运成熟的阳光
面对这些成熟的光阴
一生谦和的狗尾草对着秋日低下了高贵的头

当秋天走进鱼眼
一束阳光、一条鱼
与秋天达成了情深意切的默契
那些无足轻重的疼痛
隐没在草叶尖上唤起秋天的梦想

当秋天走进鱼眼
大地升腾起沉思的激情和逆流而上的力量

两只蚂蚁

两只离群索居的蚂蚁,同病相怜的兄弟
在森林里的枯枝上,久别重逢的拥抱
夜宴阑珊,击退促膝谈心的激动
在触须的碰撞中赞美彼此的变化

两个漂泊的兄弟友好地想象明天
搬运失语的蝉和它身后的螳螂
丛林里这些来来往往的故事
是他们生活的全部
至于树和兔子,他们做梦也没想到
彼此会坐在一起晒着冬天的太阳

梦中醒来

像是三月,我走过一片花海
看见淋淋漓漓的星子
把眼泪洒在来时的小路上　点缀
青石板　故乡早已被抬走的小路

灯烛摇曳　繁星邈远
一匹骆驼和三匹马
摸着石头过河　走进梦中的故乡
搬运所有的记忆
铃声响起,似有一路鲜花盛开

在时光的枝桠上

在时光的枝桠上
秋天怎么来得如此强大
让我美丽的朱颜破败成这样
花发散落　华装褪尽
黄昏的天空竟是云霞
只剩下这瘦骨嶙峋的思念
站在月光夜夜经过的路旁
等待你归来　春暖花开

当黑夜降临

当黑夜降临,春天向外扩张版图
进城的孩子不带去草地和花树
星子和灯光像盛开在春夜里的山花
作为问好
在你的周遭绽放出玫瑰的模样

大地的礼物
在春天,黑夜把你高高捧起
给出一个逼仄的包厢
安顿好淮山、黑豆、韭菜和白稀饭
开始了关于诗与春天的对话
草地和花树鲜亮起来
唤醒出走的"童鞋"温暖的记忆

兰 花

一说起兰花你可以滔滔不绝
态度平静谦和，低低诉说的表情
像是迷恋着淡淡的幽香
这如兰的爱恋，沿着山野的清风
浸润着美好的月光

炎夏的燥热渐行渐近
这个出生在幽谷里的山野妹子
这个隐居在清泉边乔木下的美人
一不小心爱上一个破落的爱国主义者
想采其制衣的斗士，想用香草美人御敌的圣徒
孤独执著地把兰花移栽
"幽兰生前庭，含薰待清风"
把兰花植入血液
从那个夏天到这个夏天
两千多个花开花落
依然清幽，依然高洁，依然淡雅
丛林里闪耀着这亘古不变的月光

今天我倚在兰花前
喝了杯兰花酒，月光淡淡
兰花的蓝随酒精进入血液
她形式多样的花在静静地开放

冬 雨

在南国，你不是长翅膀的精灵
飞翔的欲望受降于大地的诱惑
趁着朴树敞开胸怀的时节
清理这一年来千丝万缕的纠葛
义无反顾地扑向大地
粉身碎骨的疼痛
让朴树抖落了一春的华妆

冬雨，在南方的家园温润如玉
拒绝纯粹的邀请
固执地撕扯在北风如涛的天空
春风吹过江南　任性的冬雨
殷殷劳勤化成了芳草萋萋
朴树微笑着摊开宽大的树冠
迎接阳光　迎接孩子们欢快的笑声

告诉你一个真实的现在

健康,真实得像春天潮涌的暖芽
向上的力量和向外的温暖
36.5℃的体温
每一步路都溢出生命的色彩
我只有好好地握住现在
这绿色四野的周遭
阳光雨露滋润着沧海桑田的光阴
遒劲与坚韧的向心力
在这片真实的土地和真实的海岛上
森林淹没虚幻的童话
结绳记事的祖先早早地把结局画在地上
冉冉的时光　轩辕的象形文
像树的年轮刻入坚实茁壮的肉体
真实的版图,以浓艳的激情拒绝觊觎的目光
现在是十月,风携带着沉甸甸的喜讯
沿着这条路穿过十月的针叶林
春天在老树的枝干荡漾
而生命在春天之上
谋划一个温润宁静的未来

日 记

一

众鸟高飞闲云来去
飞鸟自有飞鸟的幸福
闲云游荡的天空
谁的笑声擦亮了天边的彩虹

二

路在脚下
故乡在心上
故乡越贴近胸膛
脚却离故乡越远

三

过问今天的报纸到了没有
你的新闻会在哪个版面
在河流的时间内
有哪一滴水在一分钟里"嘀嗒"作响

四

日出日落　归去来兮

人世间上演着众多的悲欢离合
又一个春天跌落成泥
还有多少青春可以装饰生命墙

五

草树和飞鸟都是大地的子民
大地裸露的肌肤全靠他们的声音和影子蔽体

六

谁是大地的王
一月做下十二个月的思考

七

我的四周都是荒野
春风吹过
草树和飞鸟在思想的怀抱
努力寻找安全的出口

八

春天的规划无需表决
山峦和平原多么友好
分配了阳光、空气和水分后
还有多少时光任自己挥霍

九

作为树的一棵,依靠毫无意义
跌落山林的枫树
再一次把自己灌醉在秋天
千言万语都在赞美悬崖上的松

十

生活充实成这样:日求三餐夜求一宿
上班然后下班
石斑鱼在水里
光阴在游荡中激起多少水花

十一

在梦中,一条蛇努力想咬住自己的尾巴
一不小心,梦跌出了天堂
再怎么捞也捞不出一个完整的月亮

十二

这是腊月,路上的人都做好回家的打算
不知疲倦的钟摆,动作优雅　面容平静
是哪一种敲打激起了如此鸣响
一声紧接一声,直到第一个月圆的晚上
又在路上

甲　虫

这时候是秋天
霜降的冷还没进入水的内心
风的硬度足够抵挡飞翔的诱惑
爬行在上午的甲虫
飞翔的弧线藏进旷野的天空

翅膀收束成坚硬的壳
是在秋天到达纸箱的外角
丛林里斑驳的日光像七彩的气泡
视线在纸箱以外
看见树叶像壮士　扑向甲虫的故里

甲虫知道这是秋天的上午
来自丛林的纸箱　成为废品
安静地接纳来自故乡的兄弟
甲虫用尽丛林里飞翔的热情
躲过夏的炎热　坚硬的外壳
却在这个上午投靠了来自丛林的兄弟

秋天来了，它们都想收藏阳光
像松鼠收集坚果
把阳光深深地勒进坚硬的外壳
坚守枝头一步步成熟
而甲虫在飞翔的弧线里降落

风景里的月亮

丛林里渐渐远去的背影
秋天来了，甲虫要做的还有很多

紫金路

太阳正南
紫金路的潮声晃晃摇动
溢不出一丝盛夏的清凉
打桩机早已退出
道路两旁拔地而起的窗户
像饥馋的眼睛
从一楼开始紧盯着直到六楼

我还是没能说服自己
走到紫金路的最南端
在河道垂直的方向结束
一段苦涩坚硬的对白

太阳正南
下班的人各自回家
被眼睛叮嘱的车辆
又一次穿越
不断向南延伸的紫金路
在河流垂直的方向上
回头看看
走过的春天走过的夏……

距 离

采莲的人在船上
清水里倒映着莲子
多情的船桨
拍不开心事重重的莲蓬
青春的脸庞在水波荡漾

是哪一条船从莲花深处走来
把热闹留在江南
放逐忧伤
把爱情高高挂上莲花瓣
歌声响起　乐府沉寂
是采莲的女孩从莲花深处走来
停舟靠岸　解缆系船

如今，采莲何在
从汉代找着找着就到了现在

后 记

　　一九九六年三月的一天夜里，天气晴朗，来自闽江的春风穿过长安山茂密的相思树林，来到了古老的福建师范大学，一时间整个师大校园洋溢着春天的气息。星子闪耀，棕榈轻摇，虫声新唱，芒花吐蕾，意气风发的青年学生，当然不会错过这样美好的夜晚。晚自习下课后，他们并没有立即回到各自的宿舍，三三两两或相约而行，或交谈心声，或说笑嬉戏，只要你行走在长安山下，就可以看见那些充满着朝气和活力的身影。

　　和往常一样，我和伍明春、赖彧煌相约在十七号楼前的棕榈树下聊天，谈生活、谈学习，当然，谈得最多的是文学，一些美好的时光在烟卷的明灭中静静流逝。"永富，你也去写写诗歌吧！"明春再一次点燃一根烟后，郑重地对我说。言语中透露出更多的是坚定的期待和鼓励。

　　明春突然跟我说起这个，我并没有感到突兀。因为在此前的闲谈中我们都聊到了在上杭二中读书时学校的琴岗文学社，他知道我在那时写过一两个不成形的小文章，发表在上杭二中的校报上。应该说这种回忆和闲谈给我们没有爱情的大学生活带来了许多快乐。然而在当时福建师范大学的校园里，明春兄是一个小有名气的校园诗人，主持学校南方诗社的工作，《南方诗报》的出版和校园里的许多诗歌活动都在他的组织下开展得如火如荼。在这样的良辰美景里，他的话一方面提醒了我还没有完全泯灭的青春梦想，另一方面给我巨大鼓励和期待。

　　那晚，我记下了明春兄的话，也觉得应该给自己的大学生活留点什么。我开始认真阅读诗歌，尝试着学写诗，在没有爱情的青春岁月里继续我年少轻狂时的梦想。我在用心学好专业课程的同时，阅读古诗词，阅读现当代诗人的诗作，闻一多、艾青、穆旦、郑敏、余光中、舒婷等等，林林总总，不一而足。就这样断断续续的阅读中，我写了好几十首现代诗歌，其中就有后来发表在师大校刊上的《眼睛里的世界》和刊发在《青春潮》1998年第一期的《下午的母亲》。我平生第一次看到自己的诗歌作品变成了铅字，心中涌起无限的快乐和不可言说的满足，同时，也给了我巨大的鼓舞。只是天生愚钝的我在一边阅读一边进行着诗歌创作实践的收获甚微，至今想来心中有些许的愧疚。明春兄的忠告，大学校园的宽松自由，青春韶华的美好时光都在庸庸碌碌中消磨。

　　从长安山归来，我没有带回父母亲期待的荣耀和光环，只留下米黄色的相思树花，在夜深人静的时候会随梦而至。待到一夜醒来之后，又是一个重复的昨天。在旧县乡我成了一名中学语文教师，繁重的教学任务和单调的乡间生活让有些我无所适从。我没有太多的心思去考虑诗歌。这时，或煌兄常常写信给我，要我不言放弃，要坚持下去，记得他在给我的信中说过这样一句话"有何胜利可言？挺住意味一切！"我想起了我的毕业留言册，在留言册上明春兄也给我写过这句话，记得当时明春还说这是里尔克的诗句。在我又一次要放弃的时候，是明春兄和或煌兄给了我一针强心剂，给了我继续前行的勇气和毅力。这时或煌兄向我推荐阅读叶赛宁、里尔克、莎士比亚等国外名家的诗歌作品。还给我寄来了《尖锐的秋天》《朦胧诗人论》《破碎的主观铜》以及《文学创作论》等文学论著。这些从闽江边上出发的名家论著充实了我的乡间生活，又给我的诗歌写作实践带来了理论指导。只可惜我没有好好地用心学习，甚至编出各种不读书的理由，让那些翻山涉水的好书被束之高阁。在愧疚中我写了《中午》《黑夜流水》《那个叫旧县的村庄》等一些不成气象的诗歌。

　　有了诗歌，生活也变得充实。可是，诗歌不是一个自娱自乐的玩物，它必须有广泛的交流才知道自己到底写得怎样。况且离开了大学校园，离开了文化中心地的省城，如果只是停留在自我的狭小圈子，未免太过于孤芳自赏，成为只看见井圈大小天空的青蛙。这时或煌兄敏锐地感觉到了我的困惑和不足，说在上杭可以找李迎春、林华春，迎春的诗很好，得多向他学学，林华春是我的老师，他又是著名诗人谢春池的学生，在上杭林华春老师可以说是诗坛宿将，这些你都应该向他们好好学习。我心里默默地记下了这些后来成为我人生导师、生命挚友的名字，只是我觉得自己那时还没有足够的勇气去面对师辈。

然而，爱情和友谊一起到达茶籽坪的时候，旧县河畔的月光显得更加清滢透亮。一天课间，校办室的同志给了我一封信，黄色牛皮纸的信封右下角赫然印着"上杭县委宣传部　李缄"，"李"字是用水笔写的，工整有力的笔画清晰显现在几个红色印刷体中间。从信封上的信息看，这不是我熟悉的人，但信封显示的单位让我心里好一阵疑惑。我小心地拆开信封的口子，里面是一张桃红纸打印的邀请函，邀请我参加琴岗诗社的"端午诗会"，给我寄邀请函的是李迎春。我心中极想认识的李迎春兄竟给我寄来了邀请函，我高兴得像一只小鸟，拿着信直奔校长室，向校长请了假。也就是那一次，我和迎春有了第一次会面。从此以后，迎春常常会用信件光顾我生活的茶籽坪，有时是约稿（他当时正和张强福编辑《紫金》杂志），有时是邀我参加文学活动。我的乡村生活有了更加丰富多彩的内容。

我不知道，彧煌兄是不是经常在迎春兄和华春兄面前提到我。但从旧县河畔到三折回澜的汀江边上，我是一个幸福的人，有明春的提醒和鼓励，彧煌的鞭策，还有迎春的关心和眷顾，更有林华春老师的牵挂和惦念。记得那是2003年初春，华春老师带着县教育局的工作人员到旧县中学检查安全工作（当时华春老师是教育局副局长，分管全县学校学生的安全工作），那时我刚好就是学校做安全工作的工作人员。检查组在认真查阅了相关安全教育管理的材料后，还有一段空闲的时间，我就和华春老师闲聊，我们聊到了彧煌兄，也聊到了诗歌。而后，我打印了三首诗歌给华春老师。当我把诗稿递过去，华春老师郑重地接过去对折好，放进蓝色西装的左边内袋里，随后抽出右手在左前胸压了压，脸上露出满意而随和的笑容，我的心微微地颤了一下。我心里升腾起一股感激之情，心想："我真是幸运，又遇到了一个热爱诗歌师长。"其实，我早该听彧煌兄的教诲，鼓起勇气向师长学习，向他讨教。但机会还是来了，这是怎样的人生机缘啊。从此，我的诗歌路上又多了一个挚友、一个师长。也是在迎春兄和华春老师的引领下，我先后加入上杭县作协、龙岩市作协、福建省作协，也结识了林斯乾、郭鹰、李伯庠、刘少雄、余小明、邱德昌等一大批文朋诗友。感谢他们给予的关心帮助。

一路走来，风雨二十年，诗写的不多，精品几乎没有，但它充实了我的生活，让我结识了朋友，休养了心性。这次《风景里的月亮》能够结集出版，要感谢我的母校福建师范大学，感谢所有关心支持我一路走来的亲人、朋友和师长，特别感谢我的父母、爱人和孩子，是他们给了我生活的支持和前行的力量。我还是重复里尔克的诗句"有何胜利可言？挺住意味一切！"